ELSA
TRIOLET

# ROSAS A CRÉDITO

*Rosas a Crédito*
*Elsa Triolet*

La Pereza Ediciones

*Roses à credit*
*Rosas a crédito*
*Elsa Triolet*

© *Traducción a cargo de Carilda Sandoval*

De esta edición 2021, La Pereza Ediciones, USA
www.lapereza.net

ISBN: 978-1-6237518-5-2

Diseño de los forros de la colección:
Estudio Sagahón / Leonel Sagahón
www.sagahon.com
Maquetación Julián Herrera

ELSA
TRIOLET

# ROSAS A CRÉDITO

Esta brevísima introducción, o más bien, esta breve nota editorial del libro que el lector tiene ya en sus manos debería comenzar con la siguiente declaración: la novela *Rosas a crédito*, de la escritora ruso-francesa Elsa Triolet, publicada por primera vez en 1959, no es una novela rosa. Aunque a primera vista pudiera parecerlo. Y «en esa primera vista», o mejor expresado, en esa tal vez fácil lectura que algunos han encontrado en la historia de «Martine perdida en el bosque», es en la que radica el hecho de que tan peculiar y magistral historia, contada a manera de fábula, haya sido vendida al público como un simple melodrama francés moderno, y llevado al formato de telenovela en dos ocasiones. Este es el caso, por ejemplo, de Cuba; y la principal razón por la que La Pereza Ediciones ha sentido la necesidad de publicarla en español, ahora para un público mucho más amplio.

Triolet, de quien se ha escrito poco, aunque no menos que de su importante obra, estuvo casada con el reconocido poeta francés Louis Aragón, miembro del Partido Comunista, y fue cuñada de Vladimir Mayakovski. Fue la primera mujer en obtener el Premio Goncourt en Francia. Tradujo importantes autores rusos al francés, desde la obra teatral de Antón Chéjov hasta la del propio Mayakovsky.

La historia de amor de Martine, una joven de extracción humilde, enamorada desde su adolescencia del cultivador de rosas Daniel Donelle, quien soñaba con lograr una rosa que tuviera el perfume de la rosa antigua y el diseño y el color de la rosa moderna, puede ser sencillamente el trasfondo formal de una novela cuyo contenido (porque en efecto, esta es una novela de acusada forma al servicio del contenido) refleja los débiles cimientos de felicidad en los que se construye la sociedad de consumo. *Rosas a crédito*, de hecho, forma parte de una trilogía, *La era del nylon*, cuya temática, solo por el título, gira en torno precisamente al mundo del consumismo y a los estragos que este trae consigo.

Quizás cuando Elsa Triolet escribió *Rosas a crédito*, no imaginó cuánta vigencia tendría, más de 60 años después, esta sencilla pero poderosa historia, la cual se desarrolla entre rosas, lavadoras, plazos por pagar, pasión por el confort moderno, esperanzas... Y tal vez tampoco imaginó la obsesión que puede sentir alguien por la sola posesión de un simple colchón de muelles, al punto que sea tan avasalladora que no importe nada más. Porque el mundo donde habitan los personajes de *Rosas...* personajes todos con sus defectillos, pero ninguno realmente negativo, y sí todos muy humanos, es el mundo en el que también seguimos viviendo hoy.

# UN UNIVERSO DESTROZADO

**E**ra esa maligna hora crepuscular en que, antes de la ciega noche, se ve mal y en falso. El camión detenido en una pequeña carretera, al fondo de un silencio frío, algodonoso y húmedo, había quedado en una posición oblicua del lado de lo que venía a ser una apariencia de cabaña. El crepúsculo ensuciaba el cielo, el camino hundido con sus charcos de agua, las crestas de una empalizada, y un seto de espinos finamente enmarañados como cabellos grises enrollados en los dientes de un peine. Detrás un perrazo, también sarnoso, de raza indecisa, arrastraba su cadena con un ruido solitario. Su pelambre estaba pegajosa por el fango del terreno, un fango tenaz en el que se advertía la puntera de un zueco de niño, aprisionada. Este fango retenía también una rueda de bicicleta sin goma, un cubo, un orinal, otras cosas, indistintas... Al fondo, la cabaña, como una gran caja vieja y sucia, era un conjunto de tablas sin cepillar claveteadas entre sí. No se veía luz en la ventana de vidrios extrañamente intactos en medio de un universo destrozado. Hacía rato que debieron ser encendidas las luces de atrás del camión al que la noche acababa de borrar sobre su negro manto, pero el asiento del camionero estaba vacío. La única cosa viviente aquí era el humo color de crepúsculo que se escapaba de un tubo de latón enmohecido instalado en el techo de la cabaña.

Los seis chiquillos aparecieron en el recodo que salía de la carretera central. Hablaban en voz baja: «¿Quién será ese mecánico...?» «¿Pues es un larguirucho...?» «¿Viste el número del camión...?» «No sé...» «¿Qué hacemos? No vamos a dispararnos en la ida y la vuelta...» «¡Cierra el pico!» «Yo me voy...» Una pequeña silueta se separó del grupo y volvió sobre sus pasos. Los otros cinco muchachos siguieron caminando y pasaron la cerca... Detrás de ésta había una especie de colgadizo en que se amontonaban haces de leña, y podía esconderse allí sin ser visto de la casa. El perro quiso ladrar, le dieron un manotazo y se limitó a lamer a los chiquillos con un tintineo de cadena contra piedras invisibles. Sin decir palabra los chiquillos se instalaron sobre un muro lo mismo que pájaros sobre los hilos del tendido telefónico.

Ya era de noche cuando se abrió la puerta de la cabaña y un paso de hombre se encaminó pesadamente hacia el camión. Sus luces pusieron a la vista las piedras del camino, el fango, los charcos de agua... El camión arrancó con estrépito con sus luces de atrás encendidas sin que los chiquillos hubiesen podido ver al chofer. Lo mismo que el agua sobre una piedra, el silencio cayó sobre la algarabía.

Pasó su buen rato antes de que la ventana se iluminara y que en el umbral apareciera la madre: Marie Peigner, nacida Vènin.

—¡Acaben de entrar —gritó en la oscuridad—, los va a coger la pelona...!

Salieron de atrás del montón de leña. Marie los contaba a medida que entraban:

—Uno, dos, tres, cuatro, cinco... ¡De nuevo falta Martine! ¡Esta condenada me va a matar!

Los cuatro muchachos y la niña se sentaron a la mesa. Una lámpara de suspensión, de petróleo, se balanceaba peligrosamente por encima de sus cabezas. Sobre un fogón de hierro fundido, calentado al rojo, un puchero se cocinaba lentamente y todo eso olía a leña y a sopa. Los chicos tenían entre tres y quince años, todos con las manos sucias y agrietadas por los sabañones; la nariz moquillenta y el pelo tirando a rubio. La mayor, de quince años, debilucha, tenía una boca de comisuras caídas como bigotes colgantes. Los tres muchachos que la seguían en edad se parecían a tres ranas saltarinas y solo el pequeñín se parecía a la madre. Era el más agraciado.

Una mujercita de cabellos encrespados, como rayos de sol en torno a una cara todavía tersa, serena, con la frente abombada, una naricilla y una boca siempre sonriente. De haberles dado el pecho a sus hijos, estos se le habían puesto largos y fláccidos, eso se advertía debajo de un jersey cuyo color original había sido de un verde manzana. Una chaqueta de hombre con los codos desgarrados y una falda de algodón. Sin medias y en chanclas tenía que ser muy fuerte para, aparentemente, no sufrir de estar tan poco abrigada con semejante tiempo. Servía el puchero en platos como esos que los bodegueros dan de contra, con flores rosadas, mellados y rajados. Los chiquillos la miraban trajinar, inmóviles, mudos, devorando su impaciencia, con el ojo puesto en el cucharón, como los perros que esperan la sopa sentados sobre sus patas traseras. Solo pudieron echarse sobre la comida cuando todo el mundo estuvo servido. La madre impedía con sonoros y expresivos llamamientos al orden que procedieran de otra forma. Por un rato solo se oyó masticar y tragar. Los perros saludables son glotones y tragones. La sopa era suculenta, en ella nadaban sus buenos trozos de carne y de legumbres. Para la segunda vuelta, pues hubo una segunda vuelta, habiendo desaparecido la atención, los chiquillos se pusieron a cotorrear, a chillar, a hacerse maldades... Cada vez se agitaban más, y todo hubiera finalizado por una tunda general si un excitante incidente no los hubiera sacado de su bullicio: una rata subía por una de las patas de la mesa.

—¡Una rata! —gritaban los chiquillos, en tanto que esta corría acá y allá entre los platos, los vasos, los mendrugos de pan, acosada por todas partes por los niños. Sentíase perdida. Su pelambre tenía sin embargo ese color familiar, tirando a rubio que era corriente en la casa. Con peladeras.

—¡Mátenla! —gritaba Marie—, ¡pero acaben de matarla, por Dios...!

Fue el mayor de los chiquillos el que tuvo el privilegio de matar la rata. Después que estuvo muerta, el resto de los muchachos la golpeó por puro placer. Martine apareció justamente en el momento en que Marie, su madre, teniendo a la rata aplastada por el rabo, abría la puerta para tirarla afuera. Balanceaba a la rata con el extremo de su brazo para así tirarla mejor, y Martine tuvo el tiempo justo de dar un salto de lado para no recibirla en la cara, que fue a caer en medio del patio. Martine se pegó a la puerta.

—Siéntate... —dijo su madre—, vas a estirar la pata. Y come.

—No tengo hambre... —Martine se dirigió hacia el fogón para calentarse—. Tengo frío —dijo.

—Vas a comer —Marie sonreía porque la cara se le había arrugado por completo—. Hay puchero, date gusto. Es el primer puchero como Dios manda después de la liberación. Martine fue a sentarse al lado de su hermana mayor. Recogida sobre sí misma, con la cabeza entre los hombros, seguía allí, sus ojos negros y sin brillo bizqueaban sobre la cama abierta, sobre las sábanas que colgaban rozando el piso de tierra apisonada. Además del fogón había sitio en la habitación para un aparador y la armazón de una butaca con todos sus muelles a la vista. La puerta que daba a la segunda habitación se mantenía abierta gracias a una silla desfondada. Los chiquillos se rebañaban con pan la salsa que quedaba en sus platos y comentaban el episodio de la rata. Martine pasó ambas manos por sus cabellos que colgaban en trenzas negras y rectas, eran unas manos largas, claras, que apoyó en sus orejas.

—Come... —le dijo su madre.

Martine cogió la cuchara y miró la sopa en el plato mellado y rajado, con sus flores rosadas que se perdían en el fondo, bajo el líquido, la capa espesa de grasa, un trozo de carne de res y un hueso... Martine miraba las sopa también en la mesa, los migajones de pan nadando en el vino tinto derramado, las cáscaras...

—Come —le dijo la hermana mayor en voz baja—, mira que mamá está furibunda...

Martine hundió la cuchara en la grasa, se la llevó a la boca y se desplomó, con la cabeza hacia adelante, sobre la sopa.

Se produjo un alboroto como cuando el episodio de la rata.

—¡Dios de Dios! —gritó la madre—, ¿no ven que está enferma? Cójanla por los brazos que yo la cojo por las rodillas... ¡Vamos! ¡Robert! ¿No estás viendo que le arrastras los pies? ¡Qué calamidad...!

Acostaron a Martine en la cama camera sin hacer.

—¡Fuera de aquí! —vociferó Marie, y los chiquillos desaparecieron detrás del tabique, empujándose en la puerta para ir más rápido.

—¿Qué te pasa, pero qué tienes, mi pequeñina? —repetía Marie inclinada sobre Martine. Martine abrió los ojos... se vio en esas sábanas... vio la cara de su madre que no se movía, su sonrisa una vez por todas... Apretó los brazos contra su cuerpo, apretó las rodillas, los talones, los puños:

—Quiero irme —dijo.

Encima de ella la cara de Marie en el halo de sus cabellos encrespados no cambió de expresión.

—Soy tu madre —dijo—. Ya la mayor estaba ausente desde hacía un año con su meningitis tuberculosa, no pude evitar que se la llevaran, ya que pretendían que fue ella la que contagió a toda la clase, pero tú... tú no irás al preventorio, tú no estás enferma en lo mínimo. ¿Lo oyes?

—La mamá de Cècile me tomaría... Aprendería para ser peluquera...

Marie se echó a reír, sin que la expresión de su cara, de todos modos risueña, ni cambiara ni contradijera su risa:

—¡Empezarás haciéndote una permanente para ti misma! Te ves fea con las mechas lacias... y tal vez decolorártelas mientras estés allá para no desemparejar la familia... ¡Eres grande, Martine! ¿Te sientes mejor?

—No —dijo Martine—. Quiero irme.

—¡Mierda! —gritó Marie—. Pues devuélvele sus bolas a Dèdè. ¡Se las has vuelto a birlar! ¡Una urraca, eso es lo que eres, una urraca negra y ladrona, te robas todo lo que brilla, te he visto, con mis ojos te he visto enterrar mi frasquito de agua de colonia! ¡Y la cinta de Francine eres tú la que se la levantó, seguro...! ¡Una urraca! ¡Una urraca!

—¡Una urraca! —chillaron los niños, apareciendo en la puerta—, ¡una urraca negra!, ¡una urraca ladrona!

Poco a poco se habían introducido de nuevo en la habitación, brincando, gritando. Los incidentes sobrevenidos los habían desenfrenado, se sentían llenos de ansiedad, gesticulaban, hacían muecas, sacaban la lengua, echaban brazos y piernas a derecha e izquierda. El aire, arremolinado, hacía balancearse la lámpara de suspensión, y las sombras, grandes en demasía para la habitación la llenaban por completo, bailando sobre las paredes y el techo.

—¡Basta! —Marie distribuyó unos coscorrones, y los chiquillos desaparecieron de nuevo detrás del tabique.

Martine se escabulló de la cama y fue a sentarse junto al fogón.

—Vamos —dijo Marie—, ya está bueno de tontadas. Después de la escuela serás peluquera o lo que quieras. Dice la maestra que no entiende cómo tú estudias con tanto provecho. Y decir que yo, tu madre, nunca pudo aprender ni a leer ni escribir. Sin embargo, no soy más bruta que una otra cualquiera. Y tu hermana mayor es mi viva estampa: ¡a los quince años ni leer ni escribir! ¿Di, Martine, no quieres un poco de sopa caliente? Y ven a darme un beso. Es que la sangre te bulle en las venas hija mía, ya tienes un par de lindas teticas, una linda grupa y unas nalguitas como para comérselas, ¡picarona...! ¡A los catorce años!

Cogió a Martine en sus brazos , estampó sonoros besos en su pelo negro, en sus pálidas mejillas y en sus hombros. Como un cuerpo sin vida, encogidas las aletas de la nariz, cerrados los ojos, Martine se dejaba hacer. Un cuerpo de doncella-mujer, largo y liso. Su falda de lana oscura, corta y estrecha, parecía impedirle respirar, moverse. Marie la soltó:

—¿Quieres dormir conmigo? Te doy un ladito...

Martine se acercó aún más al fogón, tanto que casi se quemaba:

—Estoy enferma, mamá, tengo frío, me movería en la cama y te despertaría... acá tienes las bolas de Dèdè, me han gustado mucho.

Sacó dos bolas del fondo de su bolsillo.

—Quédate con ellas tontuela ... le daré otra cosa a Dèdè. —Marie deslizó las bolas en el bolsillo de Martine—. Te empeñas en pasar a la noche junto al fogón y, enferma como estás, te expones a caerte dentro...

—Podría ir a dormir en casa de Cècile.

Marie alzó una mano:

—¡Te quedarás en casa! Hasta tanto no tenga unas palabras con la peluquera... Por ella y por su Cècile ya se llevaron a mi niña grande y la metieron en el preventorio. Se ve que a esa peluquera no le hace falta el subsidio familiar, ¡le importa un comino que a una le quiten sus hijos!, que a una madre le arrebaten a su hija...

Insensiblemente Marie se había puesto de nuevo a gritar. Martine se levantó, recostó su silla contra la pared, cogió otra y la puso en frente para estirar las piernas. Marie seguía gritando. Del otro lado ya no se veía moverse a los chiquillos: dormían en la oscuridad, o preferían callarse viendo que las cosas parecían complicarse entre la madre y Martine. Martine se preguntaba si hacía mucho rato que Marie seguía gritando. Amodorrada por el calor no la escuchaba, y ya Marie se calmaba, cuando, repentinamente, Martine lanzó un grito:

—¿Qué te pasa ahora?

De un salto Martine había llegado a la puerta y la abría: afuera era una noche cerrada; la luz roja de la lámpara de suspensión harto mortecina para llegar hasta el umbral solo iluminaba el fango de la entrada de la puerta. Martine había salido... a tientas encontró el cestito que había dejado caer cuando viera la rata en la mano de su madre: «¡Con tal de que no se haya roto! ¡Oh, mamá...!»

Puso el cestito sobre la mesa, y Marie, llena de curiosidad, se acercó:

—¿Qué cosa es?

Martine sacaba del cestito un objeto un tanto más grande que la mano; estaba envuelto en papel de seda, muy blanco. Delicadamente le quitó el papel y apareció una virgencita adosada a una especie de gruta en forma de caracol; ante ella estaba un niño arrodillado. Estaba pintada con colores tiernos: azul cielo, blanco, rosado. Con la mano Marie limpió la mesa para que Martine pudiera poner la Santa Virgen:

—¿Te la dio la peluquera?

Martine afirmó con la cabeza mientras contemplaba la estatuilla. Marie la admiraba a su lado.

—Me la trajo de Lourdes... —dijo al fin Martine—. ¡Te imaginas si llego a romperla...! Tal vez es milagrosa...

—No hay milagros, hija mía, te lo digo yo... Voy a apagar la luz, acomódate, pondré la virgencita encima del aparador para que los muchachos no la rompan.

—Espera, tiene un mecanismo... Te lo voy a poner a tocar...

Marie invirtió la estatuilla y le dio cuerda. Escucharon en silencio, extasiadas, un tenue, tenue avemaría varias veces seguidas.

—Basta —dijo al fin Marie—, no lo gastes tan pronto.

Marie se subió a una silla e instaló la Santa Virgen en lo alto del aparador. Martine volvió a sus sillas y la madre a su cama.

La cabaña, sumida en la oscuridad total, respiraba, roncaba, era recorrida por el correteo de las ratas... Martine no dormía: en esta estación las noches son largas, y como se vivía con el curso del sol las horas nocturnas eran larguísimas y ella no podía dormir tanto. Entonces se ponía a pensar en el hijo de Donelle, Daniel, hijo de Donnelle, Georges, el horticultor quien tenía plantíos de rosales a unos veinte kilómetros de la región. Daniel Donelle seguía formando parte desde siempre del mundo familiar de Martine, como el bosque, la iglesia, como el tío Malloire y sus vacas en los prados, las manzanas y las peras en espaldera en el huerto del notario, como la cooperativa de consumo, los adoquines de la calle Central, el calvero verde del bosque, que era una ciénaga en la que uno podía hundirse. Daniel tenía primos en la región, tres Donelle jóvenes, hijos de Donelle, Marcel, también horticultor como Georges Donelle, pero en escala menor. Todos los jóvenes Donelle tenían un aire familiar, aunque sus padres no se parecieran entre sí y ellos no se parecieran a sus padres. La joven generación, subalimentada durante la ocupación, era, con todo, más robusta: los jóvenes Donelle eran de estatura mediana, pero de constitución vigorosa, hechos para alcanzar una larga vida, como todo cuanto construyen los campesinos, como las paredes, los cercados... Tenían la cabeza redonda, el pelado corto, lo cual acentuaba la redondez de la cabeza, y sus buenas carotas redondas, siempre a punto de estallar de risa, de contenerse para no desternillarse, palpitantes las aletas de la nariz y los ojos arrugados. Para Martine, Daniel, el hijo del cultivador de rosas, era el más bello. Y sin duda era el más guapo, con el torso bien desarrollado y bien plantado sobre patas a las que tal vez les faltaba elegancia, pero que por su solidez no le temían a nada. Daniel estudiaba en París; allí vivía en casa de su hermana Dominique, casada con un florista, en el bulevard Montparnasse. Su tez tostada, campestre, había empalidecido después del primer año escolar parisino, pero se le tostó de nuevo con las vacaciones. Por otra parte la guerra y la ocupación habían cambiado rápidamente el curso de los acontecimientos. Vacaciones o no vacaciones se veía a Daniel sin cesar en la región, soldado a su bicicleta, haciendo sus sesenta kilómetros desde París de una sola sentada, y si iba además a ver a su padre, eran veinte kilómetros más. Para un alumno de bachillerato esto era demasiado tiempo disponible: ¡en invierno como en verano estaba en la carretera! Pero en esos años turbulentos el bachillerato quizás sí andaba sin orden ni concierto como todo lo demás. Era natural que la hermana de Daniel, Dominique, la florista, se alimentara, y Daniel mismo, y el marido de Dominique y su pequeño, por eso Daniel iba en busca de vituallas a la granja de su padre. Pero, en 1944, cuando los boches lo detuvieron por verificación de papeles en el camino, le encontraron debajo de la mantequilla y los huevos, en el cesto amarrado a la parrilla de su bicicleta, material sospechoso: tinta de imprenta y almohadillas sin usar... El alcalde de la ciudad, del otro lado del villorrio de Martine, allí donde estaba la cañada, abandonada durante la ocupación porque los boches iban constantemente en compañía de mujeres desvergonzadas, ese alcalde insistió inútilmente en que él le había pedido a Daniel que le llevara ese material para uso de la alcaldía. Daniel estaba preso en Fresnes y poco faltó para que se lo arrancaran. En eso llegó la liberación... Daniel había sido condenado a muerte con sus dieciocho años, su fuerza y su risa pronta a desbordarse. Había estado a punto de convertirse en un joven mártir, pero tan solo fue un joven héroe cotidiano.

Pero sus primos, demasiado jóvenes para colaborar, iban a pesar de todo a esa cañada ocupada por los boches: les gustaba bañarse. Y al mayor le gustaban los invasores, sobre ellos se expresaba en alta e inteligible voz. Tal sentimiento no le fue propicio porque repentinamente se secó, se le hundió el pecho y a los veinte años se encogió como un viejo de lo que no hay remedio. Perdió todo parecido con sus hermanos y con Daniel, y se arrimó al padre. Se decía en la aldea que había atrapado algo malo en la cañada, que los boches echaban en el agua un producto para desinfectarla, pero váyase a saber qué era y además que lo que era beneficioso para ellos no siempre es bueno para la gente del lugar... En suma, si los otros dos primos se alegraban de la liberación porque todo el mundo se sentía feliz con la misma y que de todas maneras habían renunciado a «tratar de comprender» el mayor se fue de la región. Pero no lejos de allí: se fue a trabajar en la plantación del padre de Daniel que necesitaba gente en sus rosaledas, ya que en ese entonces resultaba imposible encontrar brazos, había que esperar el regreso de los prisioneros de guerra. En lo que se refiere a Martine, guerra o no guerra, ocupación o no ocupación, y tanto como pudiera acordarse de los días de su vida, veíase esperando por Daniel. Esto fue así desde siempre. Sin el constante pensamiento de Daniel el cuerpo de Martine se hubiera desplomado como un globo pinchado... Así pues eso tenía que ser de ese modo para siempre. Martine vivía con la imagen de Daniel dentro de ella, y cuando esa imagen se materializaba, cuando veía aparecer a Daniel en carne y huesos, el choque era tan fuerte que le costaba trabajo conservar el equilibrio. Y ahora, sentada en sus sillas, sumergida en la oscuridad, pensaba en Daniel Donelle.

El rojo encendido del fogón se iba debilitando y terminaría por extinguirse... Martine seguía despierta y ahora sentía frío.

Se había instalado en esas dos sillas para no dormir con su madre, en esas sábanas que solo se lavaban dos veces por año y cuyo olor Martine odiaba. Pero quedarse toda una interminable noche sentada en dos sillas, y para colmo sin dormir, es cosa dura y larga. De buena gana se hubiera acostado sobre la mesa, pero las ratas se paseaban por ella buscando los restos de comida, las oía correr... Al pasar rozaban a Martine, pero no se encaramaban. Con los ojos abiertos en la oscuridad pensaba en Daniel Donelle. En lo alto, a la derecha se advertía un resplandor... ¿De dónde venía? Martine buscaba maquinalmente un hueco en el zinc del techo, entre las tablas de las paredes ... y súbitamente sintió miedo:

¿De dónde venía ese resplandor? Tal vez había allí un animal grande con los ojos que le brillaban y presto a saltar... ¿Pero cómo podía estar tan alto? ¿Tal vez un pájaro? Martine alargó el brazo y, tanteando, temblorosa, su mano encontró detrás del tubo del fogón los fósforos... Con la mirada puesta en lo que brillaba en la altura ralló uno y adivinó más que vio la estatuilla de la Santa Virgen. El choque que experimentó fue casi tan fuerte como el que sentía cuando se encontraba con Daniel.

—¿Qué diablos andas haciendo? —le gritó Marie sentándose en la cama.

—¡Mamá... es luminosa! —Martine apuntaba con el dedo a la estatuilla.

—Santo Dios... —Marie suspiró y volvió a acostarse—. Me la van a volver loca a esta chiquilla... y cuando oiga voces...

El fósforo le quemó las yemas de los dedos... de nuevo la oscuridad se posesionó de la cocina. Martine, con los ojos abiertos en la oscuridad, con los nervios de punta, clavaba su mirada en la mancha luminosa y pensaba en Daniel Donelle. El insomnio era tenaz, la noche interminable... Podían ser las nueve, tal vez las diez... Tampoco la madre conseguía quedarse dormida pues de pronto dijo:

—Bien mirado puedes irte a dormir a casa de Cècile. Ahora que pienso: tu padre es capaz de volver esta noche a las andadas borracho como de costumbre... y tú desmayándote por un quítame allá estas pajas, más vale que no estés aquí...

Siempre en la oscuridad, Martine atrapó su chaqueta y se deslizó por la puerta... entró en otra noche, plena de aire, de lluvia, a través del cercado fangoso, corrió para el camino y cogió por la carretera. ¿Qué hora podía ser? ¿Y si era demasiado tarde para llamar en casa de Cècile? Martine corría a lo largo de la carretera central... un auto la atrapó entre sus luces... luego otro... solo vería la hora en la esfera del reloj de la iglesia, y eso si le daba el claro de luna... Pero cuando vio las primeras casas se tranquilizó: puesto que había luz en la casa del tío Malloire no podía ser muy tarde. Las calles estaban vacías, pero acá y allá se veían luces... En casa del obrero de la compañía del gas... en la del notario, en la plaza donde al fondo estaba la iglesia, y hasta el reloj, allá arriba, en la negrura del cielo, se puso gentilmente a dar la hora. ¡Lentamente, las diez! Era el tiempo límite... Martine llegó a casa de la peluquera, que estaba situada detrás de la iglesia, sofocada, jadeante, con una punzada en el costado. Tocó en la ventana. Se abrió la puerta y en la sombra en la que se adivinaba el aparato para hacer la permanente, parecido a un árbol, y el resplandor negro de un espejo, apareció la peluquera:

—¡Martine! ¡Qué hora de llegar! ¿No te has hecho daño?

—Mamá me dijo que prefería que me largara, pues mi padre vendrá esta noche.

—Bueno... entra, hija.

# MARTINE-PERDIDA-EN-LOS-BOSQUES

**E**l padre... Lo llamaban el padre, aunque Marie Vènin se hubiera casado con él cuando ya tenía a los dos mayores de padres diferentes y ambos desconocidos. El matrimonio era el resultado de negociaciones entre el cura de la aldea en que había nacido Marie, de padres que trabajaban en un aserrío, y el alcalde de la región en que ella habitaba actualmente: se decía que el alcalde era el padre del mayor de los chiquillos: era un correntón. Así pues, quince años atrás, no hay que decirlo, Marie era una bellísima joven a la que los hombres le corrían detrás. Lo cierto es que el alcalde obtuvo del Consejo Municipal que se le diera a Marie un terreno a la salida de la aldea, detrás de una arboleda. Quedaba acordado que se casaría con Pierre Peigner, el leñador, y que ambos se concertarían para cultivar ese terreno y levantarían una casita que no desluciría los alrededores de la región. Pierre Peigner era trabajador aunque un tanto dado a la bebida. Aceptó a la mujer con los dos muchachos, ya que se resarcía con el pedazo de tierra y con la misma Marie, siempre buena moza, con su sonrisa impermeable a todas las preocupaciones. Estaba tan prendado de Marie que reconoció a los dos mayores, de antemano se sentía feliz por todo lo que la vida le brindaba de inesperado en lo adelante, amén del bienestar y de una mujer propia. Una mujer que se asemejaba a una gran flor del sol, con su cabellera dorada en torno a una cara bronceada y redonda, con esa sonrisa perpetuamente plácida, y un cuerpecito robusto de una salud inoxidable como el acero. Era coqueta, y aunque raramente se bañaba se ponía una flor en el pelo y un collar sobre un alzacuello. Y cuando su voz tronaba palabras malsonantes su cara permanecía alegre con los labios sonrientes. ¿Con qué podía soñar mejor Pierre Peigner, hijo de la inclusa? Nunca como ahora se daba mejor vida.

Para empezar construyó una cabaña con tablas viejas, como lo hacen los leñadores junto a un corte de madera en la época de la tala. Se puso a desbrozar el terreno, a cavar, a sembrar, y cuando el alcalde, que de cuando en cuando iba a hacerles una visita a los recién casados le reprochó que la cabaña dejaba mucho que desear, indignado, Pierre Peigner le dijo que no podía ocuparse a la vez de todo, que eso era tan sólo un comienzo, que había que darle tiempo para respirar, que todo sería rehecho convenientemente, con lindos colores, que Marie sembraría flores, y que incluso, si quería saberlo, hasta instalaría un surtidor y una alameda de gravilla.

De todo eso hacía sus buenos años, esos en que por primera vez Pierre Peigner sorprendió a Marie con un hombre en la cama matrimonial, con ese sillero que se eternizaba en la región... Con el tiempo acabó por resignarse pues comprendió que era inútil todo: podía gritar, sacar el cuchillo, alzar y descargar el puño, nadie hubiera podido contrarrestar la pasión que Marie sentía por los hombres. Pierre dormía en los prados y se emborrachaba. Un buen día volvió para anunciar que quería divorciarse.

¿Divorciarse? ¿Qué es eso? ¿Deshacer el matrimonio? Marie no tenía ninguna objeción que hacer, jamás había querido casarse, vamos... se divorciaron para gran estupor de la región en donde nunca se había visto nada parecido. Después de roto el vínculo, Pierre volvió con Marie y siguió trabajando el terrenito y le daba el dinero que ganaba aquí y allí como leñador y recogedor de remolachas. Pero tenía sus ideas sobre el honor y no quería que los chicos habidos por Marie llevasen su nombre. Había reconocido a los dos mayores, esto era cosa hecha, pero no era lo mismo, era un bello gesto de su parte, y él no era cornudo de balde. En suma, Francine y Martine llevaron el nombre de Peigner y el resto se llamó Vènin, como la madre. No obstante, para los muchachos Pierre Peigner era el padre, y cuando éste volvía a casa tenían que andar al hilo, así lo exigía la madre: el debido respeto a su padre. En cuanto al resto... Marie atraía a los hombres a cincuenta kilómetros a la redonda.

Jamás la cabaña de tablas llegó a ser una linda casa, ni hubo flores ni surtidor de gravilla... A la salida de la aldea, en una cabaña sin agua ni luz, con las ratas que caminaban por la cara de los durmientes, Marie se sentía feliz en los brazos de los hombres lo mismo que una gata.

Los hijos de Marie eran niños bien educados, discretos y corteses, jamás dejaban de decir «Buenos días, señora» o «Gracias señor», Marie no hubiera tolerado la desfachatez en su casa. Tenía la mano rápida y dura y los muchachos estaban habituados a hacer o a no hacer de acuerdo con sus órdenes y a creer en sus amenazas de tundas que nunca eran vanas. Probablemente se producía en la cabeza de los chiquillos la misma cosa que pasa en la cabeza de un perro que se amaestra: cuando se abstenían de hacer esto o lo otro, o por el contrario, cuando hacían una cosa o la otra, obedecían sin saber el porqué. Por qué no debían hacer sus necesidades en el interior de la cabaña en el piso, por qué no tenían que clavar alfileres en el vientre del hermanito, por qué los días festivos había que darse agua, lavarse la cara y las manos, por qué había que ir un buen día a la escuela y no a otra parte, por qué había que irse de la casa cuando los desconocidos iban a ver a su madre, aunque lo que hacían con ella no fuera un secreto. Todo eso era asunto de experiencia — tal acto provocaba tal réplica— y, por supuesto, había gestos aún inéditos y espontáneos en los que la reacción de la madre era imprevisible y sorprendente. No había que volver a las andadas. Y pasó con la primera excursión independiente que Martine hizo por los grandes bosques de las inmediaciones y que terminó en una paliza magistral. Habiendo salido temprano por la mañana se perdió y se quedó en los bosques todo ese día, la noche, el día siguiente y también la noche. Martine, con cinco años, dormía beatíficamente sobre el musgo, al pie de una gran encina, mientras que una batida monstruosa peinaba los bosques. Fue de este modo que ella había adquirido una notoriedad en la aldea, donde ahora la llamaban Martine-perdida-en-los-bosques. Una singular mujercita, cándida y animosa, sola en los bosques dos días con sus noches. ¡A otra que no fuera ella la hubieran encontrado muerta de hambre, gritando y llorando, pero a Martine nunca! Cuando fue despertada en medio de la oscuridad por toda esa gente con perros y linternas le tendió los brazos al desconocido que se inclinaba sobre ella y se echó a reír. Habían hablado de su aventura en los periódicos de la localidad y hasta en los de París. ¡Siempre recordaría Martine la paliza que siguió a esa aventura! Fue memorable y sin embargo a ella le pareció natural, como todas las demás palizas y bofetadas recibidas, inevitable sin remedio, ya que las personas mayores eran más fuertes que las menores. Lo peor era que las golpizas se desataban a menudo de manera imprevisible, puesto que tanto para Martine como para sus hermanos y su hermana no había relación de causa a efecto. ¿Cómo Martine hubiera podido adivinar que pasearse por los bosques y dormir al pie de un árbol acarrearía semejante paliza? ¿Por qué su madre mientras la azotaba lloraba y reía al mismo tiempo? En tanto que la gente de la aldea parecía estar por el contrario contenta de lo que ella había hecho, y cuando, con sus cinco años, arrastrando una cesta más grande que su personita iba por los mandados, con frecuencia le regalaban una chambelona, una fruta, una tableta de chocolate y todo eso acompañado de sonrisas, de golpecito amistoso y de caricias. ¡Era tan graciosa, tan mona, sobre todo en verano, cuando se le veía todo cuanto Dios le dio, nada más que en pantaloncitos interiores, tostada, toda ella piernas, y, por si fuera poco, nalguda! Y esas trenzas negras y lisas que colgaban tiesas en torno a una extraña carita como no se veía otra en Seine-et-Olse. Graciosa, graciosa como un animalito exótico, pero además juiciosa, una verdadera mujercita. Un día de canícula en que su madre le había recogido las trenzas sobre la cabeza en forma de moño con su par de horquillas, como una dama, la aldea entera se echó a reír. Todos estaban enamorados de esta Martine-perdida-en-los-bosques. ¿A quién se parecía? Pensaban en el padre, sin embargo nadie recordaba haber visto pasar por esos parajes a alguien que llegara de las colonias, a un negro o a un chino... ¿A quién se parecía esa niña?

Martine crecía sin aprender el por qué de las cosas: no comprendía por qué las sábanas sucias, los mocos, las ratas, y los excrementos la hacían vomitar. Su largo paseo por el bosque se explicaba por el hecho de que en todo momento Martine se sentía mal en la cabaña con la familia y ello desde la época en que no estuvieran tan apretados y en que había menos niños, cuando Pierre aún seguía volviendo todas las noches, traía cubos de agua, ponía ratoneras... Pero ya desde esa época Martine sabía decir: «¡Cómo apesta eso!» y a Marie y Pierre les hacía tanta gracia que le hacían repetir a la pequeña: «¡Cómo apesta eso!»

De modo que ella conocía bosques y campos como pueden conocerlos un topo, una ardilla, un erizo: un topo no debe ocuparse de la copa de los árboles y un pájaro del subsuelo. Martine conocía en los bosques principalmente el musgo, las bayas, las flores, ya que se iba a los bosques para dormir de día pues de noche no podía hacerlo en la cabaña; iba a ellos para comer lo que hubiera comestible, puesto que las sopas hechas por su madre las vomitaba; iba a recoger lirios de los valles, jacintos silvestres, junquillos, fresas del bosque, ya que era una de esas muchachitas que van por las carreteras nacionales con redondos ramilletes y jaulas diminutas. Al principio se quedaba con el dinero, pero Marie habiendo sabido rápidamente en qué lo gastaba, la abofeteó copiosamente y Martine comprendió que tenía que entregarle el dinero a su madre. Por el contrario, Marie solo le gritaba por pura fórmula cuando la veía lavándose con el agua helada del pozo, tiritando en un tímido sol sin calor y escabulléndose después: si Martine le entregaba el dinero había que dejar que hiciera lo que le viniera en gana. ¡Ni sus hermanos ni su hermana hubiesen sido capaces de proporcionar una fuente de ingresos! Martine no se les parecía en nada y tal vez por eso mismo ellos la evitaban. Jugaban sin ella, no compartían nada y al punto la trataban como a una extraña a la que ni siquiera hacían rabiar y se limitaban a recuperar las cosas que ella les quitaba. Martine recogía todo cuanto brillaba, cuanto tenía color, lo que era liso y pulido, bolas, cascos de botellas, latas de conserva bien lavadas... Les daba los juguetes que la comuna distribuía por Navidad y que su madre iba a buscar a la alcaldía. Marie nunca llevaba a sus hijos: darse el trabajo de lavarlos, vestirlos y a pesar de ello verlos andrajosos era algo que su orgullo no podía soportar. Luego les daba los juguetes a su antojo y, cuando por ejemplo, Martine recibía un cestito de costura se lo daba enseguida a su hermana Francine, la mayor, y no pedía nada a cambio. Francine sabía pegar botones a los pantalones de los pequeños, limpiarles los mocos y darles pescozones, una verdadera madre, a despecho de que jamás pudo aprender a leer y a escribir. En la escuela Martine aprendía todo lo que quería, su memoria era sencillamente fabulosa, pero hubiera sido inútil pedirle que le diera la papilla al más chiquito; cuando la madre iba a los mandados Martine se olvidaba de la papilla... El año en que ya Francine iba a la escuela y por supuesto Marie ya había contado con Martine para sustituir a la mayor en el cuidado de los pequeños fue desastroso. Martine no tenía mayor sentido de la responsabilidad que el que pudiera tener el más pequeño de todos ellos en pañales, dejó que los mocosos se escaldaran gravemente, soltó al perro que jamás volvió y ahogó al gato en el pozo... Para decirlo todo, no bien la madre había vuelto la espalda, ya Martine se iba a la calle. No tenía ni la fibra maternal ni la familiar, Marie hubiera podido molerla a palos y ella no habría cambiado en lo mínimo. No valía la pena insistir. Más valía emplearla en otra cosa, por ejemplo en los tickets, en esos malditos tickets de los que Marie no entendía ni jota: ya podían mandarla a la alcaldía, que con esos nuevos reglamentos alemanes uno no sabía dónde estaba parado...; era Martine la que le hablaba a la asistenta social cuando se presentaba en la cabaña por problemas con los boches, por la vacuna y al preventorio...

Y siempre la primera en la clase, ganándose todos los premios. A tal extremo adelantada sobre el resto de sus compañeros que había un abismo entre ella y ellos. No es que la maltratasen, no era el burro de carga de la clase, no se quedaba sola en su rincón... Sencillamente no se mezclaba con ellos, aunque jugase y dijese tonterías como todo el mundo y Dios sabe lo chismosas que pueden ser las jovencitas con sus cuentos de unas sobre otras, y, ¡con la presencia de los alemanes en R... la pequeña ciudad cercana, si no tendrían de qué ocuparse! Era raro que los alemanes se aparecieran por la aldea. Allí nada tenían que hacer, la aldea no era interesante ni desde el punto de vista de avituallamiento ni desde el punto de vista habitable, pues no había ni casas confortables, ni castillo o villas con cuarto de baño. Pero los aldeanos los veían mucho en R..., adonde se veían obligados a ir al mercado, a los asuntos con la Kommandantur, las compras... En la aldea odiaban a los boches tranquilamente, oponiéndoles una resistencia pasiva cada vez que podían hacerlo sin peligro. A ellos esto no les gustaba mucho pero cuando veían a una mujer en la aldea con un fritz, ella lo sentía pasar desde el punto de vista de la opinión pública, el boicotaje era unánime. Los niños seguían muy de cerca la vida de la aldea. Por lo general eran ellos los que prevenían de la aparición o de la inminente llegada de los alemanes, iban de puerta en puerta anunciándolos. En un abrir y cerrar de ojos todo se vaciaba y era a través de calles desiertas que los soldados paseaban, o una patrulla. Pero muy a menudo se les veía en auto, sin que la gente hubiera tenido tiempo para encerrarse. Cuando hacía buen tiempo se internaban en los bosques; cuando esto pasaba ya los niños no se atrevían a ir allí, no era necesario prohibírselo, el pánico les hacía quedarse prudentemente en los jardincillos de sus casas. Como Marie y los niños vivían en el linde de los bosques, todas las noches se encerraban a cal y canto. Y Martine se consumía de impaciencia y palidecía. Sobre todo esto las jovencitas de la escuela hacían mil suposiciones imaginándose la aparición de los boches en la solitaria cabaña, la matanza, y no les faltaba razón, salvo que la soledad no aumentaba ni poco ni mucho el peligro... En suma, Martine no la pasaba mal en el colegio, no huían de ella, no le tenían antipatía... Simplemente al verla leer un poema una sola vez y enseguida recitarlo sin un error, recordar todas las fechas históricas, era algo que los llenaba de confusión y que les inspiraba más temor que admiración, como si fuera una anomalía.

Y sin embargo lo que Martine aprendía con tan sorprendente facilidad no le interesaba en lo absoluto. Por una parte no podía hacer otra cosa que retener las cosas, se le pegaban en la memoria, y por otra parte sentía gusto por el trabajo propiamente hecho. No podía soportar los borrones, las tachaduras y las manchas de tinta, las puntas dobladas de libros y cuadernos la hacían sentirse mal. Los libros estaban tan bien cuidados que parecían nuevos, acabados de salir de la librería.

La maestra vivía en la región hacía un cuarto de siglo y les permitía a los muchachos Peigner y Vènin hacer sus deberes después de la clase, porque conocía de sobra a Marie y su cabaña. Pero había momentos en que Marie les decía a los muchachos: «Van a volver sin demora, ¡qué es eso de quedarse en la escuela después de la clase! De un momento a otro me iré a decirle dos palabritas a la maestra...» Entonces, de vuelta a la cabaña, Martine se ponía insoportable: se cogía la mesa para ella sola, extendía un periódico viejo para encima poner sus cuadernos y cuidadito de que los pequeños se atreviesen a escandalizar, a empujarla, a mover la mesa... Martine desataba el terror, y si ella ella misma no gritaba, en cambio tenía la mano tan rápida y dura como la de su madre. Por lo demás hacía sus deberes en un abrir y cerrar de ojos y enseguida se refugiaba en un rincón sin hacer nada, con los ojos cerrados, o se iba a vagabundear por las calles de la aldea en cualquier época del año, pues a causa de los boches los bosques estaban prohibidos.

Colocaba sus libros y cuadernos en lo alto del aparador en donde parecían estar más a salvo. El día en que descubrió que las ratas se los habían roído y destrozado por la noche, Martine lo puso todo sobre la mesa y contempló los destrozos sin decir nada... pero cuando las ranitas alborozadas, es decir sus jóvenes hermanos, curiosos de comprobar lo que las ratas habían hecho en los cuadernos brincaron sobre el banco y la mesa y derramaron encima una botella de aceite, entonces hasta la misma Marie sintió miedo: ah, sin duda alguna se trataba de esa materia grasa perdida, no contando con otra hasta finales de mes... ¡esa chiquilla, loca de atar, era la causante del desaguisado! Vociferaba, daba patadas, hacía ruido con los pies, cogió un litro de vino y lo lanzó contra los pequeños... ¡Hubiera podido matar a uno de estos! Tal fue la fuerza con que la botella fue a estrellarse contra la puerta apresuradamente cerrada por los pequeños. Era un extraordinario desencadenamiento de rabia y desesperación. En fin, Martine se desplomó radiante en la cama de su madre y nada hay que añadir en cuanto a su extravío. Marie le dio un vaso de agua... De pronto, muy calmada, Martine se levantó, cogió sus cuadernos y sus libros, destrozados y con manchas de grasa, los desgarró lo más que pudo en menudos pedazos y los echó en el fuego.

No habiendo jamás llegado tarde, entró en la escuela cuando la clase había empezado. Todos la miraban: se sentó en su banco y dijo tranquilamente: «He perdido mi carpeta con todos los libros y los cuadernos...» Estaba pálida. La maestra, sospechando algún drama en la cabaña —con la Marie y el Pierre Peigner todo podía ocurrir— se limitó a decir: «Bueno, me imagino que no es culpa tuya... Trataremos de procurarte otros...» Continuó con el dictado... «¿A qué viene mirarla boquiabiertos? ¿Nunca se les ha perdido nada...? Prosigamos...»

Cècile, la niña sentada junto a Martine, una rubita, Cècile Donzert, hija de la peluquera, le susurró: «Te voy a dar uno, un cuaderno, de los de antes de la guerra, uno muy lindo... ven a casa después de la clase...»

Esto fue el comienzo de una amistad para toda la vida.

# LA PILA BAUTISMAL DEL CONFORT MODERNO

Al principio la señora Donzert no aceptó que su hija frecuentase a la hija de Marie Vènin. No obstante sentía simpatía por la pequeña Martine-perdida-en-los-bosques, después que esta, todavía antes de la guerra, muy pequeñita, vino a comprarle un jaboncito con el dinero sustraído de la caja de lirios del valle. La señora Donzert acabó por darle ese jabón perfumado de violeta que Martine había elegido detenidamente, pues no era con los tres centavos que ella le mostraba que hubiese podido comprar nada, pero era pan bendito introducir un jabón en la casa de Marie. Pero cuando fue el caso de recibir a esa niña, ya mayor, en la casa... La señora Donzert, que era una ferviente católica y mujer animosa, pensó que era su deber ayudar a la hija de una pecadora -esa desdichada niña que estudiaba con tanto provecho- a llegar a ser una mujer honrada pese al medio del que provenía. Nada tenía que temer por por Cècile, la más juiciosa, la menos trucosa de las niñas. Esa primera tarde la señora Donzert le dio a Martine el lindo cuaderno de antes de la guerra que Cècile le había prometido y, además, la invitó a comer. Martine tenía por ese entonces once años.

Hacía tres años que se había convertido en la hija adoptiva de la casa y hasta llegó a decirle a la señora Donzert: «Mamita Donzert», cosa que se le había ocurrido del modo más natural y expresaba cabalmente sus relaciones...

Pero mientras se cuenta todo esto, Martine seguía parada frente a la puerta del salón de peluquería de la señora Donzert, esa noche en que su madre le había aconsejado ir a dormir a otro lugar, en vista de la posible llegada del padre. Martine había tocado en la ventana, la peluquera le había abierto y dicho:

—Entra, hija mía...

La primera vez que Martine entró en la casita compuesta de planta baja y de un piso alto de la señora Donzert perdió el habla por el resto del día. Ningún palacio de *Las mil y una noche* nunca jamás pudo pasmar así a un ser humano, todos los perfumes de la Arabia nunca hubieran podido procurarle a nadie el intenso placer experimentado por la pequeña Martine en la casita imbuida de los olores del champú, de las lociones, del agua de colonia. Cuando Cècile fue llevando cada vez más a Martine a la casa y a insistir para que se quedara a comer y a dormir, la señora Donzert había puesto una condición: era necesario que ante todo Martine se bañara. La señora Donzert desconfiaba de lo que ella pudiera traer de la cabaña de Marie y, no obstante que la pequeña parecía siempre muy limpia, incluso lo que la caracterizaba era la limpieza... pero nunca está de más tomar sus precauciones. ¿Te imaginas que los clientes del salón cojan piojos?

Cuando por vez primera Martine vio la bañadera y cuando oyó que Cècile decía que se metiera en toda esa agua, fue presa de una emoción que tenía algo de sagrado, tal como si fuera a ser bautizada... «El confort moderno» se le echó encima de golpe con el agua corriente, las cañerías, la electricidad. Nunca se acostumbró del todo y cada vez que la señora Donzert le decía: «Ve a bañarte...» experimentaba una pequeña y deliciosa emoción.

Y ahora justamente la señora Donzert le decía: «Cècile se está bañando... Después te toca a ti. Cuando estén acostadas les llevaré una tisana. ¡Siéntate!»

Martine se sentó juiciosamente al lado de la peluquera, delante de la mesa de comer. La señora Donzert hojeaba una revista de modas. Sus manos regordetas, rosadas y blancas, tan limpias de tenerlas siempre metidas en el agua con los champús, volvían delicadamente las páginas:

—Mira —dijo—, qué lindo... este pequeño traje sastre. Te irá bien... —Miró de reojo a Martine—: No es conveniente que tengas tan apretado el vestido. Si lo está demasiado en las costuras habrá que soltarle el falso.

—Es porque lo lavé, mamita Donzert, se me ha encogido...

—¡Yo diría que has engordado, hija mía!

Cècile apareció con una bata rosa, y rosa ella también, con esos ojos malva de su madre.

—¡Martine, apúrate, sube a bañarte!

Las paredes de estuco blanco, el embaldosado, la banqueta con patas de metal... Era de ver la delectación con que Martine se sumergía en el agua caliente, de un color opalino por las sales de baño... Qué delicia ese temblar de los brazos, los hombros, la espalda... Se enjabonaba una pierna y luego la otra... delgadas, largas, lisas... Su piel era dorada, nada sosa, con una rica savia que circulaba. Ya estaba en esa edad exquisita en que el cuerpo de la mujer se ha formado por entero y dan ganas de gritarle a su creador: «¡Cuidado, no la toques más, podrías echarla a perder!» Pero el creador prosigue su obra y, por lo general, arruina el esbozo, todo lo echa a perder: pone demasiado por un lado y no lo suficiente por el otro, se las arregla para deformar la armazón misma y entonces se pierde la curva que constituía su encanto, la cabeza demasiado grande o demasiado corto el cuello, las rodillas zambas, los hombros en las orejas... Para no hablar de todas las partes blandas en que el desastre suele ser total. A los catorce años Martine estaba en la edad de la perfección y del hechizo, redonda en donde era necesario que lo fuese, el torso sosteniendo la redondez de unos pechos pequeñitos, los brazos todavía delgados y ya redondos, el cuello fuerte y rotundo, en tanto que la nunca remataba muy erguida la columna vertebral, a tal punto que Martine parecía no saber bajar la cabeza y, con su barbilla prominente y la cabeza inmóvil hacía pensar en las mujeres que saben llevar sobre su cabeza un recipiente lleno hasta los bordes de un líquido. Caminaba con los hombros echados hacia atrás, alta la cabeza, lanzando sus largas piernas que hacían valsar sus faldas. Si este esbozo una vez terminado conservaba lo que prometía, Martine sería una mujer de gran belleza.

El esmalte de la bañadera era liso, liso, el agua era suave, suave, el jabón de estreno formaba una espuma nacarada... una esponja rosa y azul cielo... La lámpara con su lechosa claridad iluminaba cada rinconcito del cuarto del baño. Martine se restregaba hasta el más recóndito lugar de su cuerpo con jabón, con piedra pómez, con el cepillo, con la esponja, con las tijeras. La señora Donzert le gritaba desde abajo: «Martine, te vas a arrancar la piel a fuerza de restregarla... ¡Basta!» La bata de baño puesta sobre el radiador estaba caliente; era de un color azul cielo mientras que la de Cècile era rosa. Mamita Donzert no escatimaba con las toallas. En su casa cada cual tenía derecho a una limpia a diario: con la máquina de lavar, una más o una menos... ni tampoco con los productos de belleza, jabones y sales de baño. Los representantes de esos productos le dejaban todas las muestras que ella quisiera.

Martine, con su pelo negro hecho un moño en lo alto de la cabeza, bajó la escalera y se fue a sentar en un pequeño canapé junto a Cècile, delante del fuego. Cècile también llevaba el pelo sobre la cabeza, eran rubios y finos como los de un recién nacido. Balanceaban sus pies desnudos y charlaban que era un contento. Nunca peleaban y jamás hubo entre ellas ni un sí ni un no...

De pronto Martine hizo una pausa:

—¡Mamita Donzert —dijo—, estoy loca! ¡Olvidé decirle que su Santa Virgen de Lourdes es milagrosa!

Mamita Donzert, que estaba sirviendo la tisana, dijo:

—No divagues, Martine, lo detesto...

—Se lo juro, mamita Donzert, le juro que la Virgen difunde una claridad.

La señora Donzert puso las tazas sobre una bandeja:

—Suban —dijo.

Las dos camas gemelas estaban hechas. Las almohadas habían sido bordadas por las manos de Cècile, le apasionaba bordar... La señora Donzert les hizo prometer no pasarse la mitad de la noche, como solían hacerlo, parloteando. No, justamente el tiempo de tomar la infusión... y esta vez apagaron la luz sin tomar siquiera la infusión.

—¡Mira! ¿Ves...? —susurró Martine.

Cècile veía: sobre la mesa de noche su Santa Virgen, igual a la de Martine, relucía dulcemente en la oscuridad.

—¿Qué hacemos? —dijo la voz angustiada de Cècile—. ¿Llamamos a mamá?

Corrió descalza a la puerta:

—¡Mamá —gritó—, ven a ver!

La señora Donzert subía la escalera, y las tres entraron en el cuarto sumergido en la oscuridad: sobre la mesa de noche de Cècile había una mancha luminosa.

—Vamos —dijo la señora Donzert—, ¿qué significa esa brujería? ¿Van a prender la luz en vez de temblar como unas tontas?

Al hacer luz la Santa Virgen se apagó, volviendo a mostrar sus tonos rosados y sus tiernos azules...

—Son colores fosforescentes —dijo la señora Donzert—, ¡lo que se inventa en esta época! ¡Pero nunca vi un par de grandísimas tontas como ustedes! Le doy cuerda a la imagen para que oigan el Ave María, acuéstense y duerman.

Apagó la luz, cerró la puerta: la mancha luminosa dejó oír una tenue, tenue vocecita angelical. Martine y Cècile la escuchaban, con los ojos clavados en el fulgor.

—A mí —dijo Martine—, no me gusta ver de cerca las luciérnagas... En cambio me gusta ver su luz verde sobre la yerba... ¿Te gusta la palabra «fosforescente»...? ¿Sabes lo que quiere decir?

—Qué te importa... —dijo Cècile —, es la misma cosa que la luciérnaga, no comprendo por qué brilla...

—Una virgen fosforescente... Fos-fo-res-cen-te... Mi-la-gro-sa...

# EL ABRASAMIENTO

Para Martine fue el final de sus estudios; la maestra había tratado de persuadirla de proseguirlos, si obtenía el diploma superior tendría más oportunidades de éxito en la vida... No, Martine no quería oír hablar de estudiar más puesto que mami Donzert estaba de acuerdo, Martine se quedaría en su casa y aprendería el oficio de peluquera.

Cuando a Martine se le metía algo entre ceja y ceja... ahora que había terminado la escuela y que iba a trabajar en el «salón de la peluquería», su madre nada podría objetar, era una cosa normal. La señora Donzert fue en persona a la cabaña y le dijo a Marie que le gustaría tomar a Martine como aprendiza: para empezar sería alojada, alimentada y vestida, luego vería de acuerdo con sus disposiciones... La señora Donzert, sentada a la mesa, en la cabaña, hacía de tripas corazón para tragarse el café que Marie había hecho especialmente para ella. Francine, la mayor, acababa de llegar del sanatorio. Al verla tan pálida, con el pecho hundido, arrugada como una vieja, uno podría preguntarse por qué no la habían dejado ahí. Tenía de la mano al más chiquito de los niños, un hermanito que todavía no sabía caminar, los otros cuatro, con harapos echados sobre los hombros y que los hacían reconocibles, con esos harapos que en otro tiempo probablemente habían sido nuevos, espiaban a la señora Donzert con una intensa curiosidad. Estaban increíblemente sucios, pero no parecían desdichados y daban ganas de reír cuando uno los miraba, a tal extremo resultaban chistosos con sus caras de ranas satisfechas. Nunca en su vida la señora Donzert hubo de ver semejante interior, un latón de basura era un jardín fragante comparado con ese lugar. Viendo todo esto la señora Donzert sintió que quería aun más a Martine. Y qué decir del patio, o más bien del cercado... Marie y la chiquillería acompañaron a la señora Donzert hasta el portillo que evidentemente no cerraba desde hacía años, estaba medio hundido en la tierra, la hierba y los guijarros. «Da los buenos días a la señora...», le decía Francine al pequeñito, que había seguido ese cortejo agarrado a la falda de su hermana, vacilando sobre sus piernecitas rechonchas y de pronto, sentado sobre sus nalguitas en el polvo del cercado, agitó una manecita hacia la señora Donzert. Un perro sarnoso empezó a lamerle la cara y el pequeño se aferró a una de sus patas... La señora Donzert salió de ese universo completamente trastornada.

—Ya nos pusimos de acuerdo —le dijo a Martine—, tu madre me autoriza tenerte como como aprendiza. Podrás ir a saludarla los domingos.

Y fue a cambiarse de ropa.

Fue así como Martine pasó de un universo al otro. Ahora era parte legítima de la casa de la señora Donzert, de la pintura estucada, del linóleo, los muebles claros, jabones y lociones.

La peluquera era viuda. Una foto ampliada de su marido ocupaba el lugar de honor encima de la chimenea. Había sido carpintero en la región y se ganaba bien la vida. Como ella era parisina había sufrido al principio al verse así en esa paz campestre, pero una vez nacida Cècile se acostumbró a esa tranquilidad. Después de la muerte de su esposo vendió el taller que estaba a unos pasos de la casa, remozó su salón de peluquería, compró un aparato moderno para la permanente, y le fue tan bien que hasta las parisinas que iban de vacaciones se peinaban en su peluquería y hasta la gente de R... Y la del castillo... En los meses de vacaciones el salón estaba lleno de clientas y la ayuda de Martine era de apreciar. Desde ese primer verano había aprendido a aplicar el champú sobre las cabezas de la señora Donzert y de Cècile, pero la señora Donzert no se arriesgaba y al principio dejaba a Martine habituarse al salón, a la clientela, le hacía barrer el pelo cortado, limpiar y pulir esmaltes y níkeles —y en el bruñido Martine se reveló insuperable—: ¡había que ver cómo brillaba todo eso! También les sabía sonreír a la clientela, silenciosa y afable, vestida con una blusa blanca, aun más blanca junto a esa piel dorada que tenía, de esos cabellos profundamente negros, con un grueso moño liso en el cuello, y a los quince años ese moño de mujer tenía algo de particularmente seductor. Era irreprochable y precisa. La señora Donzert, que creía hacer una buena acción, había hecho un buen negocio. Cècile llevaba la casa, cocinaba, no le gustaba ocuparse del salón, e iba a seguir cursos complementarios a R...: le hacía falta el diploma superior si es que luego quería aprender la taquigrafía en París. A la señora Donzert le iba muy bien en el negocio: tuvo que instalar un segundo lavabo para los champús y comprar otro secador de pelo. Pronto se vio obligada a confiarle a Martine las permanentes y un poco más y le hubiera confiado el corte... Y Martine se desempeñaba muy bien.

Todos los meses la señora Donzert iba a París. Solía quedarse en casa de una prima suya. Se veía obligada a ir a París para renovar los productos del salón y comprar las cosas que ella misma y sus hijas necesitaban. Decía y pensaba «mis hijas», en plural, no distinguiendo ya entre ellas, vistiéndolas a menudo igual, admirando lo mismo a su pequeña rubia-tierna que a Martine. Cècile se parecía a su madre excepto que era muy delgada, lo mismo que debió serlo su madre a su edad, mientras que ahora la señora Donzert era más bien regordeta, glotona y no le gustaba privarse de nada. Ella y Cècile eran excelentes cocineras. Asimismo la nariz fina y corta de la señora Donzert se hacía menudita entre sus mejillas mofletudas, y los lentes que desdichadamente se veía obligada a usar no le encajaban del todo. Cècile tenía los ojos malva de su madre, pero sin lentes, y sus bellos cabellos cenicientos, por no decir de un rubio mate. En suma, tenía todos los elementos para, pasados los treinta años, parecerse a su madre punto por punto, cosa que no era desagradable como futuro, pero que en el presente nada tenía que ver con el tipo Ofelia, novelesco que ahora tenía, frágil y virginal.

Se empezaba a olvidar la ocupación, la gente se acostumbraba tan fácilmente a la liberación que el bienestar cotidiano ya no se experimentaba como algo excepcional. Volvió la gasolina y desaparecieron los tickets. En cuanto a lo demás resultaba aún más inexplicable que durante la extraña guerra, era sin lugar a dudas una extraña paz, como para pensar que los boches habían ganado la guerra, los colaboradores empezaban a mostrar la oreja y uno no entendía nada, incluso si no se hacía un gran esfuerzo por comprender. Se iba de sorpresa en sorpresa, los prisioneros de regreso de allá no estaban contentos, el fabricante de carretones no encontraba su clientela que le había cogido el de R... Sin embargo, un colaborador, el farmacéutico, se vio en apuros para echar de la farmacia a su reemplazante... Había amargura por todas partes. La señora Donzert y las dos muchachas decían lo mismo que decían todos, echaban pestes y recriminaban, pero en resumidas cuentas esta suerte de sinsabores colectivos les resbalaban sin afligirlas.

Cècile tenía un enamoradito que, él también, iba a R... a trabajar y juntos hacían a diario el camino, en ómnibus o a pie. La señora Donzert pensaba que eran demasiado jóvenes para casarse, lo cual era cierto. El enamorado tenía dieciocho años y era oficial de albañil de un maestro albañil, pero sus padres eran ricos, su padre era albañil contratista. El joven debería aprender el oficio para ser patrón: ello es indispensable para luego mandar en el trabajo a los otros. Cècile estaba autorizada a frecuentar a Paul.

Martine no tenía enamorado, pensaba en Daniel y seguía viviendo en la espera, con los ojos en acecho cada vez que salía a la calle. No tuvo que esperar a verlo en la cañada. Lo primero que Daniel hizo a su llegada fue a visitar al doctor Foisnel: haber sido condenado a muerte a los dieciocho años altera el organismo. Daniel iba dos veces por semana a inyectarse con el doctor y siempre se encontraba en el camino, a la entrada de la aldea, sentada sobre una piedra, a Martine-perdida-en-los-bosques. No había que ser brujo para saber por qué estaba allí... Sin embargo, Daniel pasaba en su bicicleta dirigiendo una sonrisa pero sin saludarla. Martine solía perderlo al regreso pues o el doctor lo invitaba a comer o Daniel se iba a París... ¡Viéndolo así en su bicicleta nadie hubiera creído que necesitara inyectarse! Cierto que cambiado, ya un hombre, pero siempre robusto como lo fuera de muchacho, con su cabeza redonda y el pelo corto... Sin embargo sus facciones se habían endurecido, pero conservaba ese aire del que frena una risa interior que dilata las aletas de la nariz pero que ya no infla las mejillas que han perdido toda su redondez... Era limpio, vistoso y sólido, como su moto nueva —pues muy pronto tuvo una moto—. En verano nada más que se ponía unos pantalones cortos, en invierno una chaqueta de cuero y botas... Martine lo veía venir de lejos por la carretera y eso tenía algo de maravilloso y aterrador.

La cañada estaba entre R... y la aldea: era un estanque bastante grande, más larga que ancha, sumida en el bosque pero terminando por uno de sus lados en un verde prado. El Ayuntamiento de R... había levantado unas casetas de baño y tablones a diferentes niveles que permitían llevar los niños; los adultos tenían a su disposición casi de todo el estanque para nadar. Del lado en que la cañada estaba prohibida por ser peligrosa dormitaban los botes hundiéndose lentamente en el agua, unos pescadores inmóviles aguardaban con sus anzuelos a que picaran los peces. Durante las vacaciones, sobre todo los domingos, la cañada y sus alrededores se veían invadidos. Autos estacionados, tiendas de campaña, gente que comía en la hierba, sus perros que corrían de aquí para allá, brincaban y se familiarizaban con la gente.

Se podía ir al baile de R... Había un pista al aire libre, pero la señora Donzert no quería que las pequeñas fuesen solas, iban si ella podía acompañarlas o la farmacéutica, mujer seria. Asistía gente de toda condición. Una vez al año cuando se celebraba la fiesta de la región, la Santa Clarisa, era todo un fiestón: el Sindicato de Iniciativa de R... había reanudado las tradiciones abandonadas durante la ocupación, con baile en la plaza, quioscos, desfile con antorchas y fanfarrias... Hubo innovaciones: iluminación del castillo histórico situado al fondo de un vasto patio de honor, un castillo al que tan habituados estaban que ya nadie lo miraba y que se transformaba con ese traje de baile que le ponían por una noche en algo solemne, suntuoso e inaccesible detrás de su verga forjada. Cada baldosa del patio se veía nítidamente dibujada, sombras profundas redondeaban las torretas flanqueantes, y allá lejos, en el fondo del patio y el casco del castillo en ladrillos con cadeneta de piedras y una hilera de columnas rematadas por un frontón en el centro... Los vernáculos, los temporadistas y los turistas, aferrados a la verja, miraban detenidamente la aparición luminosa. Luego el tiro al blanco, el baile, las loterías pasaban a ser la atracción principal. La otra innovación del Sindicato de Iniciativa era, desde el verano de 1946, la elección de Miss Vacaciones, la que se efectuó durante el baile: un jurado, elegido al momento entre las personalidades de la concurrencia fue formado con el dueño de un castillo —no del histórico del lugar sino de otro no menos histórico— con una estrella de cine, que había comprado una granja en los alrededores de R..., con uno de los diputados del departamento muy diligente con su popularidad. ¡Pero no había candidatas! Las muchachas de R... y de otras partes ni pensaban en subir al estrado junto a la orquesta, motivo por el cual los miembros del Sindicato de Iniciativa tuvieron que ir a pescarlas entre el público. Ellas protestaban, no querían ir. Fue así como Martine, llevada a la fuerza, se encontró con otras muchachas, al lado del sonriente jurado y frente a un público también sonriente que silbaba y aplaudía cada vez que una nueva candidata aparecía en el estrado. Eran por todo una decena, rebañito medroso y torpe que no sabía qué hacer con su cuerpo. La batería y los platillos repicaban y sonaban, y cada una de las candidatas, a pesar suyo, tenía que salir de la fila y dar un paseo por el estrado, acompañada por los comentarios del animador con su micrófono y que no paraba de hablar, era como un carretel de hilo que se ha caído y que se desarrolla sin fin. El público, encantado con la novedad del juego, se divertía enormemente, y los muchachos en el fondo de la sala hacían un estrépito que tapaba la batería y los platillos cuando aparecían una detrás de la otra las jóvenes que conocían de toda su vida entre candilejas, tan extrañas como el castillo iluminado. Martine salió vencedora por amplio margen. Llevaba un vestido blanco, una falda plisada que avanzaba en torno a ella por ese modo que tenía de caminar, de llevar hacia delante sus largas piernas, dejando inmóvil el resto del cuerpo como si llevara en la cabeza un recipiente lleno de líquido. Como no estaba maquillada sus facciones se destacaban claramente de lejos: la línea horizontal de las cejas, de la boca, la línea vertical de la nariz recta, de la frente recta... Sus cabellos se le enredaban en la cabecita y se enrollaban en la parte inferior de la nuca —Martine se los había cortado pese a las protestas de la señora Donzert—. Esta y Cècile miraban a Martine, conmovidas, agitadas, con el corazón que se les salía del pecho. Cècile no estaba ni envidiosa ni celosa, sin embargo Martine sintió como un confuso alivio cuando

Cècile y Paul, su novio, se ganaron el primer premio del *slow* contra quince competidores. Pero el colmo de esta inolvidable fiesta fue el encuentro...

Ocurrió a la salida, ya tarde, cuando Martine, sola en la vereda frente al castillo iluminado, esperaba al farmacéutico que las llevaría hasta la aldea en su auto y que, la farmacéutica y la señora Donzert, más fatigadas de ver bailar a las muchachas que si ellas mismas hubieran bailado, se habían sentado en un banco, y qué Cècile estaba por su lado con su novio... Ocurrió en el mismo instante en que la iluminación se apagaba: en la oscuridad que se hizo la figura de Daniel surgió al lado de Martine... Como siempre, andaba en su moto y sonreía. La noche era profunda, aterciopelada, bajo un cielo negro y estrellado:

—Martine —le dijo bajito—, me gustaría perderme contigo en los bosques...

—¡Martine! —gritaban— ¡Martine! ¿Dónde estás? ¡Te estamos esperando!

Daniel empuñó su moto, alzó el brazo en señal de despedida... La moto arrancó con un estrépito de todos los demonios.

# SOBRE LAS PÁGINAS HELADAS
# DEL FUTURO

La señora Donzert les había prometido estar de vuelta el domingo para el almuerzo, y Martine y Cècile la esperaban en la parada del autobús, delante del estanco de tabaco. Unos ciclistas, la juventud de la región, con las pantorrillas al desnudo y los pedales inmóviles silbaron admirativamente. Las dos muchachas les dieron la espalda, después de lo del domingo pasado se habían vuelto aún más circunspectas. Y ahora el reloj que empieza su larga y lenta distribución de las horas... Las doce del día...

—Se demora —dijo Cécile.

Hablaba del autobús. Martine pensaba en Daniel: también se demoraba. ¿No estaba invitado a almorzar en casa del doctor?

—¿Te parece que él vendrá a buscar al autobús a los invitados del doctor?

—¿Te parece? Vendrán en auto.

Cécile sabía bien de quién hablaba Martine. Esta seguía viviendo su historia, aunque historia no hubiera... Desde el punto de vista de la dramaturgia no pasaba nada. Y, sin embargo, tal vez, a la vuelta de una frase, iba a ver surgir a Daniel, nítido, resplandeciente, con su camisa atada por las mangas en torno al cuello, con el torso, los muslos, las pantorrillas al desnudo, bronceado... Cada cosa en torno suyo tomaba una parte activa en su historia sin acontecimientos ni intrigas, una historia apasionante que cortaba el resuello en la espera de lo que iba a pasar...

—Acá está —dijo Cècile.

El autobús sacaba su bocaza de detrás de la casa del notario. ¡Se bajó mucha más gente de la que podía contener! La gente de la región decía: «Buenos días, pequeñas... Buenos días, señoritas. Salud, los licenciados del ejército...» Los parisinos se daban vuelta admirativos. Por fin apareció la señora Donzert. Llevaba un vestido floreado, nuevo, su cara estaba húmeda y radiante, sus lentes resplandecían. Las muchachas cogieron la cesta de provisiones, su maleta, una caja de cartón... ¡Vaya una carga que traía! «Sorpresas... Ah, qué caminata, estoy muerta... Mis pies... ¡No puedo más...!»

En el frescor de la casa, con las persianas bajadas, las muchachas se multiplicaban junto a ella, quitándole los zapatos, dándole agua, preparándole una ducha... Pero Martine no podía quedarse a almorzar, tenía que pasar por casa de su madre, no fuera a ser que la otra viniera. ¡Quieres ser educada con tu madre! Se trataba de hacerle una visita de cuando en cuando, de lo contrario Marie empezaba a gritar que la privaban del afecto de su hija, que no la había vendido como esclava; en una palabra, era preferible que Martine fuera a su casa... Esta vez quizás no había urgencia de ir, pero Martine estaba deprimida pues contaba con haber visto a Daniel. Y luego, la señora Donzert no había tratado de disuadirle, incluso dijo con una cierta precipitación: «Ve, hija mía, Cècile te guardará caliente el almuerzo, no te apures...»

La calle se había ido quedando vacía, los pasajeros del autobús ya debían estar instalados acá y allá almorzando. En las desiertas calles el sol ocupaba todo el lugar, daba en los adoquines, en las piedras de las paredes... Por las persianas echadas sobre las ventanas abiertas la radio le seguía los pasos a Martine cantando palabras de amor. Estaba sola en la calle, sola en la vida. Mami Donzert no era su madre, su madre no era una madre, y Daniel no había aparecido. A su paso el viejo perro gordo del maestro albañil que estaba echado delante de la puerta abrió un ojo. De la casita remozada por unos parisinos llegó una explosión de risa. En la huerta del tío Malloire los girasoles miraban sin pestañear a su celeste colega. Su casa era la última de la región, después, la calle se hacía carretera asfaltada y empezaban los campos. ¡Hacía un calor espantoso! En la linde del bosque estaba estacionado un pequeño auto de «cuatro caballos»: sus ocupantes debían estar merendando por las inmediaciones... O, tal vez, eran unos novios que tenían algo mejor que hacer que comer. Ahí está el detalle...

Martine había acortado el paso: nunca se sabía de antemano lo que podía esperarla en la cabaña. Miraba en torno suyo. Aquí nada se había movido desde los tiempos en que Martine-perdida-en-los bosques había vivido bajo ese techo de zinc enmohecido... La cortina de árboles proyectaba una espesa sombra por encima de la cabaña y del cercado hasta la mitad del camino. En frente los bosques eran profundos y húmedos. Al nivel de la cerca enmohecida, con los postes que estaban acabándose de pudrir en la tierra, un perrito arrastrando su cadena se puso a ladrar y a mover la cola...

Ni trazas de chiquillos, pero Martine presidió un cuchicheo, volvió sobre sus pasos y se deslizó por detrás del techo del colgadizo. Allí estaban todos, la hermana mayor cargaba el más chiquito. Era larga y prieta como una estaca podrida, las «ranas» de buen humor, ahora cinco en total en vez de cuatro... Todos estaban sentados en el madero en que Martine se sentaba antaño con ellos.

—¡Chis...! —dijeron todos al unísono. Martine pisaba leños, cajas, tablas, páginas...

—¿Hay gente? —susurró.

—No tienen para cuando acabar —murmuró la más chiquita de las ranas—, me muero de hambre... ¡hace una hora que estamos esperando!

—Si uno llega tarde ella chilla, si llega temprano grita igual... ¡Vaya!

¿Qué edad podía tener este ahora? Sus seis o siete años... Fue la hermana mayor la que señaló con el dedo a la bicicleta arrimada a la cabaña; apenas movió los labios para decir:

—¡Y esta porquería, cómo se me incrusta! Inmundicia, puerca... es la hora de darle la teta... Le falta poco a este mocoso para ponerse a berrear. ¿Vienes a comer?

—Prefiero irme... Dile a mamá que pasé por aquí.

Martine le dio la espalda a la familia. Ni buenos días, ni buenas noches, nadie dijo nada.

Martine siguió caminando por el trillo apenas transitable para autos. Se adentró en el bosque; luego viró, tomó por un sendero y se metió de lleno en lo espeso del bosque, sofocante por el cálido olor de los pinos mezclado con el de las encinas, las hayas y los olmos... Mami Donzert no tenía apuro por verla, después de todo ella no era su hija, no era más que una extraña... Martine había dejado el sendero y se puso a caminar por el musgo, suave como una alfombra de caucho... Las ramas secas crujían bajo sus pasos, se deslizaban sobre los piñones... Se sentía voluptuosamente desdichada. A través de las lágrimas sus ojos escudriñadores acechaban los hongos, las fresas demoradas... ¡Tener semejante madre...! En la aldea no la censuraban por vivir con la señora Donzert, por el contrario, la compadecían al verla tan limpia y hacendosa... Pero de no haber sido por Daniel ya se hubiera marchado de la aldea, se hubiera ido a París en donde nadie sabría de dónde venía ni quién era su madre. ¿Pero qué esperanza tenía de encontrarse en París con Daniel? Y con más razón por cuanto Daniel viviría de seguro en Versailles, ya que su escuela estaba enclavada en dicho lugar. Aquí, al menos durante las días que él pasaría por la región, había una probabilidad, una pequeñita probabilidad. No, no tenía por qué apurarse, nadie la esperaba, su misma madre solo gritaba por pura fórmula cuando ella dejaba pasar los domingos sin ir a visitarla, gritaba porque no quería que dijeran en la aldea: «Miren a Martine convertida en una damita, ya no se trata con su familia». Martine-perdida-en-los-bosques, sentada sobre una inmensa haya, sollozaba y removía en torno suyo los fabucos debajo de los cuales podía haber hongos: era este un lugar de hongos comestibles.

Irse a París... ¿Qué es París? Jamás había estado allá, había gentes en la región que, aunque solo a sesenta kilómetros de París, nunca habían estado allá. Martine nunca había ido al cine ni visto la televisión. La radio, eso sí, en casa de mami Donzert dejaba la radio puesta todo el tiempo, empapándose en la música y en las palabras de amor... Pero llegaba mami Donzert y Martine cortaba música y palabras de amor con la misma indiferencia del tiempo que pasa. El silencio que sobrevenía era odioso como si le echaran un cubo de agua fría sobre la espalda, como si fallara un escalón, como ser despertada en medio de un sueño. Para Martine esa música era un barniz que fluía, se extendía, tornándolo todo como las imágenes en color de las revistas en papel de cromo. La señora Donzert estaba abonada a un impreso de peluquería y compraba revistas de modas en las que se veía a mujeres muy bellas, y nailon en todas sus páginas, transparencias para el día y la noche, y, de pronto, sobre toda una página un ojo de pestañas maravillosas o una mano de rosadas uñas... y pechos cuyo ajustador acusaba aún más la belleza y los detalles... Sobre el papel de cromo, liso, nítido, las imágenes, las mujeres, los detalles no presentaban defecto alguno. Ahora bien, en la vida real, Martine veía sobre todo los defectos... Veía todo cuanto estaba enfermo, muerto, podrido. La naturaleza carecía de barniz, no estaba sobre papel de cromo, y Martine se lo reprochaba. En el cuarto que compartía con Cècile las paredes estaban tapizadas de fotos de vedettes y de *pin-up* que las dos muchachas jamás habían visto y que admiraban apasionadamente. También había en las paredes de su cuarto páginas arrancadas de las revistas con imágenes de muebles, de arreglos de jardines... Ese era su mundo ideal. Martine había dejado de llorar: miraba con atención sostenida las uñas de sus pies que las sandalias dejaban al descubierto. ¿Y las uñas de las manos...? Bueno, todo eso seguiría igual. Si dejaba la aldea por París, allá aprendería los tratamientos de belleza o se haría manicura. A Martine no le gustaba la peluquería, siempre le tocaba el champú y las amas de casa de la aldea tenían el pelo sucio. Todas esas cabezas de pelo sin brillo, con el polvo de la limpieza, con el cuero cabelludo grasiento, peliculoso... Se lo hacían lavar antes de hacerse la permanente. Martine se lavaba el pelo preferentemente con agua de lluvia y lo tenía brillante, negro como el barniz de un auto nuevo, y los conservaba lacios, pegados a la cabecita redonda. Su cara toda era tersa, nítida, sobre la frente recta la línea horizontal de las cejas veíanse como dibujadas con tinta china y cada pelo de las mismas cuidadosamente perfilado, y lo mismo las pestañas, no muy largas pero abundantes, negrísimas. Como si se pusiera sombra en los párpados, cosa que no hacía. Todo en su cara era regular y terso. Y qué decir del cuerpo... Mami Donzert no hubiera permitido que sus hijas aparecieran «desnudas bajo sus vestidos» según se describe en las novelas de ahora, y Martine y Cècile llevaban debajo de la falda, pantaloncito, ajustador y por coquetería un refajo de nailon con encajes... pero con Martine hubiera sido lo mismo que vestir a un bronce: sus pechos, muslos, nalgas, hendían, apuntaban a través de las telas... A veces ella misma se decía que tal vez no estaba muy lejos de las *pin-up* norteamericanas y que Daniel hubiera podido de cuando en cuando echarle un vistazo... «Martine, me hubiera gustado perderme contigo en los bosques...» Eso era todo, todo cuanto había tenido de él, para ella sola, de él a ella. Era todo lo que había tenido para poblar su vida, la única cosa real con que alimentar un sueño... y como toda cosa viviente se marchitaba, se mustiaba, se hacía polvo. Tal vez hubiera valido más vivir de la imaginación, tan solo de ella, al menos esta era imperecedera, no era como el verdadero sonido de la voz que se iba con la entonación. ¿Y la mirada...? Hubo lo de los llamados: «¡Martine, ven...!» Y el brazo de Daniel alzado para el saludo... Si no la hubieran llamado. Ah, es así como las gentes que lo quieren a uno son los causantes, sin saberlo, de nuestra desgracia...

Martine se adentraba en el bosque... Caminaba hacia una encina, hacia su encina que seguía teniendo su preferencia entre los árboles, esa encina en la que en el pasado habían encontrado a Martine-perdida-en-los bosques, durmiendo plácidamente en la noche habitada del bosque. Había abierto los ojos y tendido los brazos a un desconocido inclinado sobre ella y que la alumbraba con una linterna... Si ahora pudiera dormirse rápidamente y despertarse para ver a Daniel inclinándose sobre ella... Él había dicho que le gustaría perderse con ella en los bosques... Sus brazos... Martine, en una duermevela debajo de la gran encina, sentía los brazos de Daniel en torno a su cuello. Una tinta malva manaba en torno a sus ojos. Cuando se despertó de golpe, reanudó la marcha.

Y volvió a la cabaña. La bicicleta seguía allí, recostada contra las viejas tablas. Los niños habían desaparecido... Martine titubeó, pero no se atrevió a tocar a la puerta. ¡Mala suerte! Siguió su camino, llegó a la altura de la carretera central, se puso a recorrerla... Sintió a sus espaldas un gran auto norteamericano, que la pasó como un gatazo de pelo negro. Luego se aparecieron esos mismos jovencitos, los ciclistas que habían pasado mientras esperaba el autobús con Cècile, eran jovencitos de la región...

—¡Ey, ey! ¡Martine...! ¡Ey, ey!

Tremendo alboroto. François, el aprendiz de carpintero, salta de su bicicleta:

—Martine —dice caminando junto a ella—, no te hagas la arrogante, no tienes nada que las otras no tengan...

—No —dijo Martine sin detenerse—, pero tú no me gustas...

La banda en pleno, que hacía acrobacias en cámara lenta, se desternilló de la risa:

—¡Don Juan de pacotilla! —le gritaban—. ¡Qué triste tipo! ¿Y yo? ¿Te gusto? ¿Y yo? ¡La señorita-perdida-en-los-bosques sueña con un cantante seductor! Miss Vacaciones se pierde en los bosques muy solita...

Ahora en la carretera los autos iban en ambas direcciones, de modo que caminar por la orilla era exponerse a ser aplastada. Martine cogió por un atajo y llegó a casa de la señora Donzert tarde y hambrienta.

Eran las cuatro pasadas. La señora Donzert y Cècile estaban en la cocina haciendo una tarta de fresas. Cuando mami Donzert se ponía a hacer dulces fuera de tiempo se sentía nerviosa, y, en efecto, Cècile y ella tenía los ojos enrojecidos de llorar y sin embargo se reían muy excitadas. Martine se olvidó del hambre:

—¿Qué pasa? ¿Ha ocurrido algo?

La señora Donzert se afanaba en su tarta sin decir palabra. Fue Cècile la que dijo enrojeciendo violentamente:

—Mamá se casa...

Martine, con los dedos separados, se puso ambas manos en el pecho:

—¡Dios mío! —gritó—. ¡Lo que me ha caído!

Se desplomó sobre una silla y se puso a sollozar.

—¡Pero quién me habrá dado tales hijas! ¡No bien una dejó de llorar, y ahí está la otra que empieza...! —La señora Donzert dejó la harina que estaba amasando—: ¡Cualquiera diría que es una desgracia!

Y ahora las tres lloraban.

La señora Donzert se casaba con un peluquero de París; lo había conocido cuando todavía era una jovencita, pero en ese entonces nada pasó; ella se había casado con papá, mientras que el peluquero había permanecido soltero, y, finalmente, ya está, era el destino... La señora Donzert vendería la peluquería y se mudaría para París.

—¿Y qué va a ser de mí? —dijo más tarde Martine, una vez que hubo pasado de la primera emoción y cuando las tres estaban instaladas frente a la tarta humeante. De nuevo se echó a llorar, conciente de pronto de todo lo que esa partida significaría para ella... El gato que ronroneaba sobre sus rodillas saltó a tierra, molesto, y se metió por la cortina de varillas de plástico en el jardincillo hermoso y lleno de flores como un canastillo... Una vez allí se revolcó en la hierba, debajo de las sábanas que se secaban al sol. Mami Donzert iba a vender... Ya no habría ni gato, ni flores, ni sábanas que se sequen al sol, ni jaulas de conejos, ni sótano con su frescura, las botellas, el carbón... Nunca más el destellar de la virgencita sobre la mesa de noche, el ruido del gas en el calentador, ese olor a champú y a lociones, no más radio, del que la música fluya como el agua corriente de la pila... No más transeúntes detrás de la vidriera con sus letras vistas al revés: «Peluquería...» Y tal vez entre esos transeúntes Daniel Donelle... ¡No más mami Donzert y Cècile!

—¡Martine, no sigas llorando! Iré a ver a tu madre y si no te deja ir te llevo con nosotras. Todo esto no puede hacerse en un abrir y cerrar de ojos, Martine; queridita, ¡no llores de ese modo! ¡Vamos, todavía no hay nada en firme! Ven, abriremos juntas las sorpresas...

Así era mami Donzert, no muy tierna, pero atenta y eficaz: esas sayas que había traído de París seguro que distraerían a las pequeñas, pese a la emoción. Mami Donzert las dejó mirándose en el escaparate de espejos, haciendo ondular sus anchas sayas de algodón, necesitaba echarse un rato a reposar después del trajín de París, de las emociones... Y si Martine y Cècile quisieran ir a la cañada, ¡hacía un calor tal! Hoy no... ¡Ante ellas estaba París! ¡Se irían a París!

# UN PEDACITO DE SUEÑO

Perfumados, ventilados, silenciosos, acolchados, antisépticos, atentos, amables, sonrientes, floridos, eran los salones del instituto de belleza rosado y azul celeste... Frascos, estuches, perifollos, lencería, transparencias, centelleos. Las mujeres, salidas de las manos de las masajistas, manicuras, peluqueros, veíanse como pintadas de nuevo, frescas y eufóricas. Como manicura Martine estaba en el mismo corazón de su ideal de belleza, vivía en el interior de las páginas satinadas de una revista de lujo. El instituto de belleza era la piedra preciosa caída en el centro de París y que propagaba sus ondas cada vez más amplias, cada vez más débiles, para disiparse en los suburbios en donde el centelleo no tenía cabida. París entero no era más que el estuche de ese instituto de belleza, con los esplendores de la plaza de la Concordia, de la plaza Vêndome, de la calle de la Paix, pero ya sobre los grandes bulevares todo eso se deterioraba y los Campos Elíseos no eran más que pura pacotilla... En París como en el bosque Martine reparaba en la carcoma de las casas, en la plaga de la prostitución, detestaba ese cansancio de la multitud, de vuelta del trabajo, en el metro, la aglomeración en los Uni-Prix adivinaba en el Sena a los abogados, su revuelto oleaje acarreaba cualquier carroña... Muy pronto había aprendido a orientarse en París como en espeso bosque, nunca se perdería en París, había llegado a ser una parisina buscando y encontrando lo que buscaba: lo nuevo, lo brillante, lo pulido, lo aseado. Martine decía que le gustaba lo moderno y lo impecable. Impecable, sobre todo, era una palabra que empleaba a menudo.

Ella misma era impecable. El instituto de belleza vestía a sus empleadas de azul celeste, con blusas que se cambiaban a diario, y todo el personal femenino usaba zapatos blancos con plataforma de corcho dejando al desnudo los dedos de los pies. El pelo de Martine se prestaba a cualquier prueba de peluquería, y ella misma se encargaba del cuidado de sus manos y de sus largas uñas y nacaradas. El instituto estaba en contacto con un taller de costura. Martine aprendió a comprar artículos rebajados, tenía la «talla maniquí» y su juventud, su belleza facilitaban las cosas, cada cual sentíase feliz por hacerla más hermosa: ¡A esta Martine todo le caía bien! Viéndola pasar por la calle se diría la mismísima parisina. En ese París del que ella había recortado en una minúscula parcela, no le faltaba más que una cosa: la presencia de Daniel. Martine era modesta, vivía en un reflejo del lujo y eso le bastaba; le hubiese bastado la sombra de una posibilidad de ver a Daniel, aunque fuera de lejos, como en la aldea... Aquí, en París, ya esa posibilidad no existía, ninguna esperanza, algo como la muerte misma. Ni siquiera podía regresar a la aldea, las cosas habían ido muy mal con su madre cuando le fue a decir que quería irse a París con la señora Donzert y para siempre, la Marie se fue a gritar maldiciones debajo de las ventanas de mami Donzert, y, Martine, por ser menor de edad, hubiera tenido que resignarse a permanecer en la aldea... La noche que siguió a la terrible escena en la peluquería, Martine había vuelto a la cabaña: su madre dormía... Ella le había sacudido: «Te advierto —dijo—, vendré a ahorcarme de aquí —y le enseñaba el grueso gancho de la lámpara de suspensión— y dejaré una carta como que tú me llevaste hasta la tabla... Porque jamás, óyelo, jamás volveré a vivir en esta mierda...» Marie se había echado a llorar con una vocecita fina, con vagidos como los de un recién nacido... Martine esperaba su decisión. «Ve —dijo en fin Marie—, ve, hija desnaturalizada, pero no se te ocurra aparecerte por estos lugares». «Bien —dijo Martine—, pero no se te ocurra recuperarme... ¡Si volviera aquí sería sólo para colgarme de ahí!» Y volvió a señalar el gancho de la lámpara de suspensión. Volver en esas condiciones a la región...

No, había que inventar algo, actuar... En este vasto mundo para Martine no había más hombre que Daniel Donelle. Ella estaba en París, mas París, el mundo sin Daniel... Tenía momentos de intensa desesperación, de un gran desaliento.

Como esta noche en que caminaba bajo las oscuras arcadas, frías y desiertas, entre la calle Saint-Florentin y la calle Royale. Para colmo, el tiempo contribuía a acentuar su tristeza. Llovía a cántaros. Martine se sentía sombría, fría y desierta como esas arcadas con sus barrotes de hierro. Volvía del trabajo. Estaba cansada, sentía frío, tenía las medias mojadas y salpicadas de fango... Mami Donzert bien que le había dicho que se pusiera otro suéter debajo de su ligero impermeable, debió hacerle caso. Martine esperaba que la lluvia se calmase un poco para llegar hasta la boca del metro, pero a lo mejor se enternizaba allí, se diría que el aguacero arreciaba. Los adoquines de madera de la plaza de la Concorde relucían, negros y pesados como el agua de un estanque, las farolas se hundían en ellos invertidas, dejando regueros de claridad sobre los cuales daban vueltas los autos como un tornillo sin fin. La Cámara de Diputados, desde la otra orilla de la plaza, del Sena, era invisible.

Sombras en las arcadas... Martine se fue a poner más cerca de los periódicos colocados de los barrotes que estaban secos, y del vendedor sentado en su banquito, que trataba de no mojarse encogiéndose, con las rodillas alzadas... Los transeúntes, debajo de paraguas chorreantes, echaban una moneda, cogían un periódico y saltaban a la boca del metro. Los autobuses estaban tan repletos que tal parecía que les costaba avanzar con semejante peso en sus entrañas. Martine solía tomar el autobús, pero esa noche ello no le era posible, era preferible bajar al metro, pese a los olores a lana mojada y al tufo de la ropa y de los alientos en el calor subterráneo. Pues a meterse en el metro... Martine iba a seguir por las arcadas para salir a la lluvia, cuando una mirada que venía por encima de los barrotes la detuvo como un derrumbamiento: frente por frente a ella, sin sombrero, con la cara chorreando agua, Daniel Donelle, con un periódico en la mano, la miraba.

—Martine —dijo con voz lejana, con una voz que llegaba del otro lado del derrumbamiento, de los barrotes—, venga a tomar un ponche caliente, nos sentiremos mejor.

Martine caminaba por las negras arcadas y Daniel, paralelamente, sobre la acera, desapareciendo detrás de los pilares y reapareciendo en los arcos provistos de una verja. A cada una de las desapariciones de Daniel, Martine sentía un vuelco en el corazón. Se encontraron frente a frente en la esquina de la calle Saint-Florentin. Daniel la había cogido por el codo para atravesar la calle y entrar en el primer bar. Se sentaron en un lugarcito, en el fondo, en medio de un trajín de estación de ferrocarril, junto a ellos estaban los servicios sanitarios, el teléfono, y sacudiendo las maquinitas traganíqueles unos muchachones con el pelo en mechones sobre las sienes y haciendo alarde de sus bíceps, todo en medio de una espesa nube de humo.

—¿Si comiéramos juntos? Cuando uno se encuentra con una paisana en París...

—Si no es por París...

¿Daniel había captado todo lo que ella quería que decir: «Si no es por París»?

—Comemos juntos —repitió afirmativamente.

—Me esperan.

—¿Quién?

—La señora Donzert.

—Llámela por teléfono.

Martine se levantó para ir al teléfono. En la humareda de los cigarrillos veía a la cajera poner una ficha junto a unos huevos duros, unos brioches y pedazos de cake envueltos en celofán. Había abierto la puerta en la que estaba escrito: Teléfono... Con el auricular en su oreja, aún caliente de la mano, de la oreja que acababa de dejarlo... un olor violento al perfume Marcel Rochas... Maquinalmente, mecánicamente Martine había marcado el número. El corazón le latía terriblemente; «Cécile, no me esperes... me encontré con Daniel...» Colgó sin oír los gritos de Cècile.

# EL GUISANTE

**E**ste hombre feliz —dijo el señor Georges, abriendo el periódico, en medio de un gran olor a café y a pan tostado —les desea, señoras, que pasen un buen día.

La señora Donzert, ahora conocida como la señora Georges, preparaba las rebanadas de pan con mantequilla para su marido, con la vista clavada en Martine, ojerosa y callada. Cècile miraba a Martine y miraba la hora; trabajaba como taquígrafa en una agencia de viajes. Los cuatro se ganaban bien la vida, y el señor Georges pagaba fácilmente la renta de ese apartamento y de la peluquería para hombres que estaba en la planta baja de la misma casa, una casa de reciente construcción, en la Puerta de Òrleans. La señora Donzert era la cajera de la tienda y había dos empleados. Le hubiera gustado seguir en su oficio de peluquera, pero el local no se prestaba, y no hubiera querido por nada en el mundo contrariar a su marido. El señor Georges era la gentileza misma, coqueto como un peluquero para damas, alto y —qué se le va a hacer— calvo.

—Bueno —dijo el señor Georges cerrando el periódico—, esto va tan mal como siempre, nada nuevo. ¿Bajamos, mami Donzert? Niñitas, niñitas, dense prisa...

Ya no llovía esa mañana. Las calles de París tenían una frescura húmeda, veíanse animadas, tranquilas. Las fuerzas restauradas, cada transeúnte iba a hacer lo que se suponía que debía hacer. Cècile y Martine tomaban el mismo autobús. Había muchos, pues era el paradero, y siempre ocupaban los mismos asientos. El cobrador les prodigaba una sonrisa. A una muchacha todo y todos le sonríen, pero delante de dos muchachas juntas las sonrisas florecen y de ahí a las jaranas y a la obscenidad no hay más que un paso. Cècile y Martine, muy parisinas, hacían como si no hubieran oído.

Cècile no hacía preguntas. La noche del encuentro con Daniel, Martine había vuelto muy tarde y se había sentado en el borde de la cama de Cècile... Tenía los ojos desorbitados, inexpresivos. Todo lo que sí le había podido sacar es que se había encontrado con Daniel y comido con él en una cervecería cerca de la estación Saint-Lazare. Se había acostado sin hacer su aseo personal, cosa extravagante que jamás había ocurrido desde que ellas compartían el cuarto. Y fue Cècile la que pasó un rato para dormirse oyendo la respiración regular de Martine... De nuevo Cècile tenía novio... después de Paul, el de la aldea, había tenido otros novios y siempre el compromiso se rompía por un motivo o por otro. Esta vez la cosa parecía ir en serio. En realidad, Jacques todavía no había hecho la petición oficial. Era un obrero de la fábrica de automóviles Renault que Cècile había conocido en casa de la sobrina de su madre; mami Donzert había soñado con otro yerno, pero ya que Cècile se empeñaba, o parecía empeñarse...

—¿Almuerzas con Jacques? —preguntó Martine por decir algo, antes de bajarse en la Concorde: no se habían dicho una sola palabra en todo el trayecto, como si hubiesen estado peleadas.

—¿Sí...? ¿Esta noche, Cècile?

—Sí, sí... Esta noche.

De modo que esta noche no vería a Daniel.

La señora Denise, una mujerona, delgada y majestuosa, vestida de un carmelita claro, el pelo blanco, la cara joven, iba y venía por los salones con la vista puesta en todo y en el reloj: estaban al llegar los primeros clientes. La señora Denise era la directora, el brazo derecho del gran dueño que aparecía en contadas ocasiones. Los empleados se cambiaban en el guardarropas, y transformados en ángeles azules se instalaban rápidamente en sus cubículos respectivos, arreglando los potes, tubos, frascos, algodón, gasa, cremas y maquillaje... Todo el resto era aspirado, aireado, lavado, frotado, ponían de lado la ropa sucia, en los closets había montañas de toallas, batas de señora, etc.

Martine entró en el cubículo cuando la cliente, echada, descansaba después del masaje. Delante de ella dejaba ver una mano puesta sobre un cojín. Los dedos eran casi puntiagudos, rosados en las puntas, con cada falange un tanto abultada como la suave palma de la mano, apenas estriada... El resto de la mujer acostada de espaldas envuelta en una gran sábana esponjosa, era invisible, ya que su cara estaba tapada con una toalla mojada. A la cabecera, la señora Dupont, la estética, manipulaba sus pomadas, ungüentos y lociones... Todo era silencio y relajamiento.

—¿Me las recorta en forma almendrada, verdad? —dijo la forma tapada. Y de nuevo el silencio...

—¿Le pongo el mismo barniz?

—Señora Dupont, por favor, ¡destápeme un ojo!

La señora Dupont le quitó la toalla y apareció la cara de la mujer... Apareció con el destello azul oscuro de sus ojos, en toda su belleza, famosa en los cuatro puntos cardinales. Le sonrió a Martine, segura de su efecto, del efecto infalible de su belleza, que Martine, pese a su idea fija, no pudo dejar de experimentar... Con veneración es como aplicaba el barniz elegido a esas uñas recortadas en forma almendrada y al hacerlo experimentaba una especie de felicidad. Algo tan bello, tan perfecto... Qué suerte trabajar aquí, en lo impecable, y si Daniel... Se abismó en sus sueños que ahora tenían nuevos elementos a deglutir, una realidad viviente, aterradora como toda realidad que no se trabaja como una uña, en forma almendrada, una realidad imposible de barnizar... Un hombre que procede a su antojo. Las manos desfilaban delante de Martine, sonriente, afable... Después llegó la hora del almuerzo, que se hacía en el comedor del instituto de belleza, ya que el establecimiento contaba con unas doscientas personas entre empleados y empleadas. Siempre sonriente, Martine comía, pero pretextó un dolor de cabeza para no verse obligada a tomar parte en la conversación.

—Se la ve paliducha, Martine... —le dijo la señora Denise, que tenía predilección por esa muchacha tan linda y tan precisa en su trabajo, lo que se dice: una empleada modelo— ¿Tiene mucho trabajo hoy?

—Todo el día...

—¡Usted trabaja concienzudamente, todos la reclaman!

Martine estaba muy hecha a su trabajo, a la casa, a las mujeres en torno a ella, a París... Y si Daniel...

—Nuestro siglo —le decía el señor Georges, por la noche, a toda la familia reunida en la mesa verdeagua y a los bistec con papas fritas—, nuestro siglo no reconoce más que una divinidad, una realeza, ¡la belleza! La princesa de que nos hablas, Martine, célebre por su belleza, es una auténtica princesa, aunque haya nacido en la puerta Saint-Ouen. En nuestro siglo veinte, los títulos de nobleza se llevan en el cuerpo, ¡no hay que buscarlos en el Gotha! Ustedes, chiquillas, son princesas, ¡no lo pongan en duda! Y mi mujer, ¡una reina!

El señor Georges era amable sin afectación, era su naturaleza. Habían comido una tortilla al ron y el señor Georges fue a instalarse en la habitación común, mientras que las mujeres lavaban los platos y ponían orden en la cocina. Incinerador de basuras y agua caliente ayudando, no estuvo mucho rato solo leyendo el periódico, mami Donzert vino muy pronto a instalarse a su lado y sacó su tejido de una canastilla de labores; Martine le pintaba las uñas a Cècile, y la radio canturreaba.

—Belleza, belleza... —prosiguió el señor Georges, extendiendo sus piernas y dejando el periódico de la noche sobre una mesita baja—. Títulos de nobleza frágiles... Nobleza frágil...

Muy triste, un violín parecía darle la razón. El señor Georges lo oyó un momento en silencio, luego prosiguió con voz meditativa:

—¿Te das cuenta, Martine, de que ya has ganado dos partidas? Quiero decir, en tu corta vida...

Martine frotaba una mano de Cècile con crema de almendras. Mami Donzert miró a su marido por encima de sus espejuelos: Georges era un hombre de un gran tacto, pero no hay que olvidar que las muchachas son delicadas y asustadizas. ¿Se daba cuenta cabal de lo que significaba para Martine ese encuentro de la víspera?

—... dos partidas. La primera, cuando mami Donzert te recogió... La segunda, cuando mami Donzert te trajo a París. Ella es tu destino y tu buena estrella. Piensa en la pequeña-perdida-en-los-bosques, ¡hela ahora aquí en un gran edificio moderno, en París! Es bella, trabaja en un instituto de lujo... No falles la partida que sigue, hijita...

Mami Donzert plegó su tejido: se sentía demasiado excitada para seguir tejiendo, se le enredaba el hilo. A decir verdad toda la casa estaba inquieta de lo que hubiera podido pasarle a Martine en la víspera por la noche, y nadie se atrevía a hablarle de eso directamente, incluso Cècile. Pero ese encuentro en París, que hubiera ocurrido tenía algo de sobrenatural. El sueño de una muchacha novelesca, un sueño que habría debido disiparse ante cualquier hombre real. Mami Donzert empezaba a encontrar ese sueño anormalmente tenaz... Hasta entonces se decía tan solo que el hombre real tardaba en aparecer y que la pasión de Martine por ese Daniel, al que nunca le había hablado, se parecía a la locura. Todas esas jovencitas empiezan por enamorarse a lo loco, necesitan un objeto para sus fantasías amorosas, luego viene el hombre. Pero esta Martine, que seguía esperando, con una paciencia fervorosa y obstinada, ese Daniel que pasaba sin dirigirle una mirada... ¿Por ello mami Donzert hubiera querido hablarle, prevenirla...? ¿Pero de qué? ¿Dónde podía llevarla todo eso...? ¿Pero qué era eso? Nada podía decirse contra Daniel, hasta este momento no había tratado de aprovecharse de la situación, al contrario. Pertenecía a una familia respetable y se decía que su padre era riquísimo, aunque siguiera viviendo en su vieja granja sin modernizar. ¿Qué tenía pues de inquietante ese Daniel? Probablemente la pasión que Martine sentía por él. Lo que tenía de brujo le venía de Martine. De otra parte, ¿qué se sabía de él mismo? Que hubiera sido heroico durante la resistencia, era de loar... Aunque hacerse condenar a muerte fuese excesivo... Ahora, a causa de sus proezas, se encontraba en el caso del estudiante atrasado, ya tenía veinte y tres años y apenas si acababa de ingresar en la escuela de horticultura de Versailles... ¿Y cuándo empezaría a ganarse la vida? El viejo Donelle pasaba por ser un hombre que le había hecho un nudo tan apretado a su bolsa que resultaría bien difícil abrirla. Y luego el hecho de que Martine tuviera por Daniel semejante adoración no quería decir que por su parte él sintiera algo por ella, que sería capaz de aprovecharse de ella y largarla después... ¡Esta Martine era una tonta y una loca! Mami Donzert pensaba que además era culpa suya no haber sabido, como buena católica, inculcarle a Martine en el sentido, por así decir, del pecado. Y desde que estaban en París, las pequeñas ya no iban a misa los domingos, ni ella tampoco. El señor Georges respetaba mucho la religión de su mujer, pero no se le podía pedir que cambiara de modo radical sus costumbres domingueras. Pero era el caso... Misa o no misa, los padres adoptivos de Martine estaban muy preocupados.

—Martine siempre ha sido razonable —dijo mami Donzert— y es mucha verdad que no está hecha, con los gustos que tiene, para casarse con un obrero. No piensa en eso. Yo soy hija de una familia de obreros, y mi primer marido lo era, pero no dejo de comprender que mis hijas quieran elevarse por encima de nuestra condición...

—Mamá —dijo Cècile—, nadie quiere «elevarse» por encima de ti... Qué me cuentas... Jacques es un obrero y está muy bien que lo sea...

Martine frotaba las manos blancas de Cècile; las suyas eran perfectas, con uñas largas, rosadas, nacaradas...

—Eso lo sabremos después, si está muy bien que lo sea —dijo mami Donzert con impaciencia—, pero Martine mucho menos que tú está hecha para casarse con un obrero. ¡Ustedes son princesas, Georges lo ha dicho! Además, no se trata de eso, al menos para Martine. Sabes de sobra, Martine, cómo eres, desvías la vista cuando entras en servicios sanitarios que no están limpios... y tienes que cambiar las toallas a diario... ¡Y qué me dices de la cama! Los riñones te duelen si no tienes un colchón de muelles y una colchoneta extra, un poco más y pedirías sábanas de seda...

—La princesa sobre el guisante... Curioso... Curioso...

El señor Georges se alisaba la calva que relucía por lo limpia. Estaba pensativo, tanto más cuanto que oía al mismo tiempo a su mujer y la radio, que contaba una historia «insólita», y ya no se sabía a qué se refería su «curioso»...

—¿Conocen ese cuento, señoras? —prosiguió—. Una reina madre, para casar a su hijo quería una verdadera princesa, de modo que las jóvenes que se presentaban, las candidatas a novia tenían que pasar por una prueba: las dejaba a dormir, y sobre una linda cama hacía poner una pirámide de colchones, uno más suave que el otro. Había tantísimos que la joven que pretendía casarse con el príncipe y se decía princesa auténtica, se veía encaramada en el dosel en satín azul. Luego, entre el colchón y todas esas colchonetas la reina madre deslizaba un guisante, uno solo. Al día siguiente iba a despertar a la muchacha y le preguntaba: «¿Habéis dormido bien, princesa, es buena la cama?» Y todas las pretendientes contestaban: «Oh, sí, señora mía, vuestra majestad, he dormido muy bien, esta cama, este plumón...» Entonces la reina madre decía: «¡Idos! No sois una verdadera princesa». En fin, un día llega al palacio una jovencita... llevaba puesto una falda de algodón y chanclos, sus trenzas le daban dos vueltas a la cabeza, lo grácil de su cintura se igualaba a lo grácil de su cuello, y tenía los ojos como dos luceros... «Soy una princesa lejana», le dijo a la reina, «y quiero, señora, casarme con vuestro hijo porque siempre lo he amado, desde que, muy pequeña, vi su retrato...»

—En *Paris Match*? —dijo Cècile riéndose pero los otros le hicieron: «¡Chis!»

—«¡Bien que os despacháis!» —respondió la reina madre—. «Mi hijo es todavía más bello que su retrato en *Paris Match*, y vos, mocita, no sois más que guardadora de ocas. No obstante os haré pasar la noche en el palacio, será cosa de risa...» Llevaron a la mocita con su falda de algodón y sus chanclas a la suntuosa cámara en la que ya estaba hecha la cama, con todos sus colchones, sus regias sábanas de encaje y el guisante deslizado entre el colchón y las colchonetas. Las doncellas desvistieron a la mocita, soltaron sus largos cabellos que caían hasta el piso, ondulados como el mar cuando sopla una ligera brisa. Tan solo vestida con sus cabellos la niña subió por la escala que había que apoyar contra la cama para llegar hasta su cima. Ahora la tenemos bajo el dosel, menudita entre sus largos cabellos... Corren las cortinas de la cama, apagan las luces y todos se van. La noche desciende sobre el palacio... una interminable noche oscura. Por la mañana, la reina madre, rodeada de todas sus damas de honor, hace su entrada en la cámara donde las candidatas a novio sufrían su prueba. Se descorren las cortinas de satín blanco, bordado de estrellas de plata, que caían del dosel y ven una cama toda desecha, con las sábanas desperdigadas, los edredones que cuelgan, y allá arriba, arriba la mocita, los cabellos revueltos sobre las almohadas en desorden, muy pálida, con ojeras malvas en sus ojos inmensos... Antes de que se le hubiera podido hacer una sola pregunta sobre el motivo de tanto desorden, hela ahí que estalla en sollozos, y se oye su vocecita: «Os pido perdón majestad... pero he pasado una noche atroz, no he cerrado los ojos, me duele todo el cuerpo, me siento molida, con dolores... No sé lo que hay en esta cama, diríase que le han metido un adoquín, una roca, justamente al nivel de los riñones, es sencillamente horrible... ¡No hubiera sido peor que haber dormido sobre un montón de guijarros!» «¡Venid a mis brazos!» —exclamó la reina madre—, «¡por fin tenemos una verdadera princesa! Os doy mi hijo, el príncipe, por marido. ¡Que seáis felices!» El príncipe fue a saludar a la princesa, se casaron y tuvieron muchos hijos...

—Todo eso es muy lindo, pero no tengo príncipes a mi disposición para darle uno a cada una de mis princesas sobre el guisante...

Mami Donzert se había levantado para ir a la cocina; era la hora de la tisana que tenían por costumbre tomar antes de acostarse. Le gritó a las dos muchachas:

—A descansar, hijas mías, y no conversen hasta muy tarde.

Cècile y Martine dormían en el mismo cuarto, lo mismo que en la aldea. Un baño intercalado las separaba del cuarto de los padres. Había su turno para el baño completo: Martine por la noche; Cècile por la mañana, y los padres, que solo se bañaban una vez a la semana, tenían derecho al baño todo el domingo. Procediendo de esta forma jamás había problemas.

—Cuando me case —Martine se quitaba su pantaloncito y se encaminaba enteramente desnuda al baño— tendré un colchón de muelles...

Cuando terminó sus abluciones, Cècile ya estaba en su cama. Si Martine prefería el azul cielo y Cècile el rosado, a ambas les gustaban los camisones modelo imperio, el talle alto sobre los pechos y las pequeñas mangas abombadas... Martine, en el tocador, se aplicaba crema; Cècile lo había hecho y, acostada boca arriba, trataba de no manchar la funda de la almohada; se había analizado mucho sus cabellos rubios y se los había atado con una cinta.

—Tendré un colchón de muelles —repitió Martine mientras se acostaba—, es caro, pero con las facilidades de pago... No quise decirlo hace un momento, cuando el señor Georges contaba la historia de la princesa, pero lo cierto es que no me siento muy cómoda en esta cama... ¿y tú?

—No me siento del todo incómoda... ya hice mi hueco...

—Ya me he informado sobre el colchón de muelles... ¿Cècile, duermes...?

Cècile ya estaba dormida. Martine volvió a Daniel. No es que lo hubiera dejado, pero cuando se sabía sola y despierta en la casa en reposo, era como si nadie pudiera oír sus pensamientos. Estaba muerta de angustia, devorada por la inquietud y la dicha. ¿Y si desaparecía de nuevo? ¿Si todo debía recomenzar? ¡La espera! Ya no tenía paciencia, ya no podía más... Se habían dado una cita para el próximo sábado, allá bajo las arcadas. Daniel vivía en el lugar de la escuela, en Versailles. ¿Pero no le había dicho que los alumnos estaban en libertad de salir y de entrar cuando así lo desearan, que ellos no eran internos? Y, sin embargo, no le había propuesto verla enseguida, al otro día... Daniel era cumplidor en sus estudios, no tenía la intención de perder voluntariamente los cursos por ella. Quería verla el sábado porque, en caso de que volviera tarde podía dormir en la mañana. Ella estaba dispuesta a no dormir más en su vida para no perderse una migaja, para ver a Daniel, oír su voz, sentir sus labios sobre su mano... él ni siquiera había tratado de besarla... Ah, Dios mío, Martine no podía más, seguro que se iba a morir de esta espera, ahora que podía contar los días, las horas, los minutos... La vida real era una cosa atroz, el monstruo seguía su marcha triunfal. Era necesario que Martine durmiera para Daniel, sino tendría un aspecto lamentable el próximo sábado... Y Martine se durmió enseguida.

# EN LA LINDE DE UNA SELVA OSCURA

Bien que se acordaba Daniel Donelle de Martine-perdida-en-los-bosque, sentada en una piedra a la entrada de la aldea; allí lo esperaba y él sabía con certeza que era esperado. Cuando casualmente la encontraba y la veía desfallecer, era, al parecer, sencillamente de emoción, como si para ella no hubiese ni azar ni sorpresa, como si cada instante de su vida lo estuviera esperando. Incluso en París, cuando se habían encontrado, en la plaza de la Concorde, bajo las arcadas, se hubiera podido pensar que Daniel se había demorado en llegar a la cita dada aquí mismo, que ella se hacía la ofendida con motivo de esa demora. Apenas si le contestaba, miraba a otra parte... De cierto que lo hubiera seguido desde esa primera noche, solo que a él no le había pasado por la mente tal cosa. Era una jovencita, tan niña todavía, sin coquetería, y paisana por añadidura. En la aldea esa niña enamorada que él veía crecer, que inspiraba una suerte de respeto basado en lo que conocía de su imaginación difusa, tímida, de esa bruma física de la que él mismo acababa de salir. Honestamente estimaba no dar pábulo a esas divagaciones de las que, sin sentirse envanecido, le constaba que era el eje de las mismas: Martine no era más que una chiquilla. En la aldea otros amores aguardaban por Daniel y en ellos estaba enfrascado, sin duda Martine era la última de sus preocupaciones. Sin embargo, una noche, frente al castillo iluminado de la pequeña ciudad de R... se hubo de sentir atraído por una silueta blanca a contraluz, era como un mármol al que le faltara el pedestal. ¡Había reconocido a Martine y le había parecido admirable! Cuando de golpe las luces se habían extinguido, la noche cómplice lo había llevado a hablar, y, seducido y conmovido, le había dicho a esa aparición nocturna: «Martine, bien que me gustaría perderme contigo en los bosques...» Felizmente alguien había llamado: «¡Martine...!» y, roto el hechizo, él se había marchado... Felizmente, porque en realidad lo que se le olvidó al instante fue la pequeña Martine.

En esa cervecería, cerca de la estación de Saint-Lazare adonde habían ido la noche de su primer encuentro bajo las arcadas, él había querido hablarle de ese instante en que las luces se apagaron. Y qué curioso, no era tan sencillo hacerlo. Primero habló de la fiesta, de la elección de Miss Vacaciones y de cómo Martine había triunfado del resto de las candidatas. Martine protestaba, ¡le parecía ridícula esa historia! ¿Por qué pues ridícula, acaso no es lindo que su buen centenar de mozos te comparen con el buen tiempo, con la libertad, con el aire puro, con el cielo?

—No —dijo Martine—, las vacaciones no son otra cosa que papeles parafinados.

—¿Papeles parafinados las vacaciones? —Daniel estaba escandalizado—: ¡Retener de las vacaciones nada más que los papeles parafinados! Por otra parte, nuestros propios papeles parafinados son recordatorios de un buen sandwich, de un almuerzo campestre, de nuestros placeres... ¡de esta manera los papeles parafinados de los otros se embellecen con el placer de esos otros!

Martine lo había mirado curiosamente:

—Es una suerte que sienta así. En cuanto a mí, nací decepcionada. Esa noche no eran las vacaciones de los papeles parafinados... Hubo el castillo iluminado, y, súbitamente, la noche... Yo estaba cerca de usted...

—Me acuerdo.

Daniel se alarmó: ¿tal vez ese recuerdo seguía siendo algo grave para ella? Pero inmediatamente se sintió fatuo e imbécil y de nuevo trató de agradar.

Sí, desde esa primera tarde ella lo habría seguido. Y cuando una noche, a orillas del Sena, en el frío y la oscuridad la besó, se sintió caer verticalmente en una pasión profunda y negra como la noche, con todo lo que esas tinieblas le impedían en sus profundidades. A la entrada de esa noche, en la linde de una selva oscura había un cebo y un peligro mortal: Martine. Daniel Donelle gustaba del riesgo y de la aventura, esa muchacha lo atraía.

Martine lo había seguido hasta el cuarto de un hotel tan pronto como él se lo pidió. Desde entonces se veían a menudo, cada vez con más frecuencia. Se necesitaba la juventud y el vigor de Daniel para satisfacer sus dos pasiones: Martine y los estudios. Y puesto que tenía la suerte de ser un apasionado por las ciencias, se reprochaba en su interior, lo mismo que un deportista antes de un partido, de echar a perder su forma haciendo alocadamente el amor. Pero no podía ni quería dominar ninguna de sus dos pasiones, y vivía como un endemoniado.

Una muchacha que se nos entrega con esa simplicidad, con esa confianza, sin pedir nada a cambio, ni antes ni

después, ni promesas ni juramentos de amor... Ella era de
él y no hacía ningún misterio de ello. ¡Una muchacha tan
joven, tan bella, nunca Daniel había conocido una criatura
tan perfecta, de pies a cabeza! Casi demasiado perfecta.
«¡Eso perjudica tu belleza...!», solía decirle, en el deslumbra-
miento ante Martine en cuerpo y alma.

No disponían de mucho tiempo para hablarse, sus citas
eran breves. A veces salían un domingo a caminar por las
calles de París sin rumbo fijo, pero buscando un lugar
donde meterse. No siempre tenían donde hacerlo, el hotel
era caro, y aunque fuera barato era sórdido. Daniel tenía un
compinche de la resistencia que era parisino, estudiante de
la facultad de letras que se estaba graduando y vivía con
sus padres, pero en un cuarto independiente en otro piso.
Cuando el amigo no lo ocupaba le daba la llave a Daniel.
Tenía un sofá-cama ancho y bajo, y a falta de una mesa de
noche el pavimento hacía las veces de tal: veíanse en el
mismo cajetillas vacías, fósforos usados, libros y hojas
llenas de una pequeña escritura apretada. Libros los había
por todas partes, espolvoreados de cenizas; además cosas
regadas, el pantalón de pijama hecho un ovillo, las chinelas
en un extremo del cuarto, una corbata vieja sobre el espaldar de la única silla. Hacía frío en el invierno, y sentados
uno junto al otro esperaban a que el pequeño radiador para-
bólico calentara un poco el cuarto... Durante las fiestas de
Pascua de resurrección habían tenido a su disposición el
apartamento de la hermana de Daniel, la florista, que se
había marchado con sus hijos a casa del padre Donelle. Y
tenían que hacer desaparecer prudentemente toda huella
de la presencia de Martine en la casa. Dominique, su

hermana, a lo mejor veía mal que Daniel llevara mujeres a su hogar.

Y nada de eso tenía la menor importancia.

En esta ocasión dispusieron de bastante tiempo, y era primavera. Por vez primera despertar juntos, por vez primera ver los gestos de Martine saliendo de la cama, haciendo el café, por vez primera peinarse, lavarse, vestirse sin prisa, por vez primera no amarse a la precipitada. Disponer de tiempo y de la primavera... Vagar juntos todo el día, el Sena, las tiendas de la calle Rivoli, la iluminación nocturna lo mismo que en R... Multiplicada por París, por sus piedras, por el amor, ahí, a tocarlo... Otro día era la campiña, los árboles del parque en Hay-les-Roses y los rosales que se veían por encima del seto. Cada cual quizás se hablaba un poco para sí mismo, tendrían mucho que decirse, toda una vida... La cabaña de Martine, la cárcel de Daniel, ese pasado reciente y doloroso, lo evitaban, pero ya de por sí el presente... ¿Cómo, por ejemplo, introducir a Martine en la pasión que Daniel experimentaba por la genética? Los injertos, los híbridos, la fecundación artificial, la creación de nuevas rosas... Daniel trataba, mediante cruzamientos, de obtener una rosa que teniendo el perfume de las rosas antiguas, poseyera el colorido y la forma de las rosas modernas... Martine se quedaba boquiabierta: ¿había rosas antiguas y modernas? ¡Jamás se lo hubiera imaginado! A Daniel le hubiera gustado enseñarle en el acto los dibujos antiguos y los catálogos recientes del horticultor de rosas, lo mismo que los modistos presentan su nueva colección. Pero la creación de rosas, nuevas por la forma, el color, las dimensiones, la lozanía, la resistencia a las enfermedades eran un asunto científico... es decir que él, Daniel, como en general aquellos que han hecho estusdios, consideraba que se puede obtener nuevos híbridos no a ciegas sino científicamente, en tanto que la escuela antigua confiaba la creación a la intuición y a la experiencia del horticultor. El padre de Daniel no había tenido que ocuparse en nuevas creaciones, se limitaba a reproducir las de otros... La familia Donelle es numerosa: están Dominique y los pequeños; hace tres años que ella enviudó y sin su marido los negocios no prosperan; están los tres primos, los de la aldea, que Martine conoce, ellos también trabajan en los viveros y hay que asegurarles la vida... Daniel caía en distracciones, ¿es que algo no marchaba como es debido? Oh, no, es decir que hubiese querido aprovechar la circunstancia de que su padre poseía esas grandes plantaciones de rosales para hacer experimentos, y si su padre ponía objeciones es porque esos experimentos cuestan caro, pero Daniel se hubiera salido con la suya a no ser por el primo, tú sabes, el mayor, pues oye, está en contra de los experimentos, porque es un reaccionario de siete suelas... Pero hablemos de otra cosa, ¿no te parece?

Martine retenía todo cuanto Daniel decía, todo lo entendía muy bien, incluso cuando se lanzaba en complicadas historias de cromosomas y de genes. ¡Solo que se aburría! Ello era visible. De lo que Daniel le contaba le interesaban los elementos que le permitían comprender las condiciones de vida de Daniel, las relaciones de familia, y esto en la medida en que su porvenir dependía de estos aspectos. Bernard, pensaba Martine, la tiene tomada con Daniel porque los boches en los que había puesto su confianza habían perdido la guerra, los muy cerdos, y que un Daniel en vez de ser fusilado se había convertido en un héroe.

Ciertamente los cromosomas en nada tenían que ver, seguía pensando Martine, en las dificultades que Daniel podía tener con su primo. Y cuando no estaban juntos, ella se dormía pensando en ese Bernard que le quería impedir a Daniel que descubriera la rosa muy perfumada y le bloqueaba el porvenir. Lo odiaba.

Martine penetraba en el mundo de Daniel mucho más fácilmente que él en el suyo. Se confundía con los nombres de sus amigas del instituto de belleza, confundía a la señora Denise con Ginette, pese a que la señora Denise, la directora, fuese una mujer distinguidísima, con el pelo blanco, la cara joven y siempre impecable... Y que Ginette no fuese más que una gentil pequeña manicura. Por cierto, fue Ginette la que le enseñó el oficio cuando Martine entró en el instituto, tal vez era la mejor manicura entre todas y es por esto que Martine la frecuentaba, ningún otro aliciente le brindaba esa Ginette. La señora Denise pertenecía a una buena familia, incluso tenía una partícula nobiliaria, lo cual no impide que por reveses de la fortuna se hubiera visto obligada a servir de «maniquí»... En la actualidad tiene un amigo, representante de una firma de automóviles, ex corredor de autos, un tipo muy elegante, seguro que se casarán...

Daniel se aburría: hay que decir que le daba lo mismo que la señora Denise se casara o no. Cècile y Mami Donzert despertaban su atención porque las conocía un poco. Martine compartía la habitación de Cècile. El apartamento tenía tres cuartos, baño y cocina, todo muy moderno, muebles rústicos en el comedor... Una alfombra en la escalera, el elevador... ¡impecable! Pero ahora se construían casas mucho más modernas, pulcras, lisas, con colores vivos en el interior de balcones que semejan palcos... Cècile no quería acostarse con Jacques antes de casarse, y no tenían apartamento para casarse, ni dinero para comprar uno, incluso a crédito. El señor Georges y Mami Donzert todavía no habían acabado de pagar el suyo.

Cuando oyó esas historias, una vez, dos, etcétera, perdieron su interés, incluso oídas de boca de Martine. Daniel las acallaba besándola. El mundo de Martine era tan pequeño, y no hacía nada por engrandecerlo. Por ejemplo, nunca leía. Daniel al fin se dio cuenta y quiso saber por qué.

—Las historias de los otros me aburren, ya tengo bastante con la mía.

Daniel estaba estupefacto, no halló nada que decir... Martine parecía no saber lo que era la creación, el arte. Qué curioso, Daniel la había llevado a una exposición en una galería de cuadros, una retrospectiva de obras clásicas y modernas. ¿Qué le gustaba de todo aquello?

—Nada —dijo Martine—, me gusta más la tela sin pintura encima, limpia...

Daniel se quedó aún más estupefacto. ¡Era formidable esa negación del arte, al estado puro! Martine era algo excepcional. Y cuán extraño era el arrebato con que decía: «¡Qué bello!» delante de una vidriera en que se exponían objetos de decoración interior... Martine amaba lo que era pulcro, pulido, barnizado, nuevo, satinado, «impecable». Daniel había descubierto eso y la mortificaba... ¡Le decía que era una horrenda, una adorable, una perfecta, una impecable pequeño burguesa! Se entiende, en lo que se refiere a sus gustos estéticos. Porque en lo que toca a la fuerza de los sentimientos, a la libertad, era una verdadera mujer. En este aspecto su ignorancia del arte, hay que decirlo, sin precedentes, y al mismo tiempo el gusto por la baratija no influían para nada. Todo esto no le impedía vestirse muy bien y con muy poco dinero. Daniel se extasiaba ante lo que Martine tenía para él de inédito, y por ende de misterioso... También en lo que se refiere a la naturaleza Martine se conmovía con la impecable, con el cielo, el sol, la luna, los horizontes lejanos porque la distancia los presentaba sin defectos visibles, apreciables.

—Entonces —le dijo Daniel—, en este cuarto por cuyas persianas se filtran los rayos del sol, en este cuarto de una casita de campo, si no te gusta más que las cosas impecables, ¿cómo soportas este callo que tengo en el pie?

—Mal...

Con Martine, si uno no quería buscarse respuestas desagradables, no había que hacer preguntas comprometedoras. Daniel, desnudo bajo las ásperas sábanas del albergue, dejó de jugar con sus pies sobre la frescura de los barrotes de metal de la cama, y se echó a reír. ¡Esta Martine era directa! También desnuda estaba prudentemente acostada a su lado, un tanto apartada: hacía mucho calor en ese tórrido mes de julio. De pronto él dejó de reír:

—¿Entonces —dijo—, si se me cayera el pelo o tuviera barriga... o sufriera un accidente, o si, sencillamente hubiera guerra y regresará desfigurado...?

—¿Tú...? —Martine se separó un tanto de él—. Tú eres el comienzo y el fin. Si te revolcaras en la mierda yo te lavaría.

Fue esta pequeña conversación la que lo decidió todo. Daniel era un personaje novelesco, pero al mismo tiempo un campesino. No era por nada que, poco a poco, le brotaba ese mirar soñador y plácido, un mirar de una inocencia vegetal, lejano y atento, paciente y resignado; el ojo del sabio clavado en su microscopio, y del campesino sobre su tierra... Ese mirar expresaba una estructura interna: lo mismo que sus abuelos campesinos, él construía su vida de manera que resistiera, con gruesas paredes de encina, de vigas enormes. El amor de Martine estaba hecho de un material perdurable, tal como se concebía antaño.

¿De modo que existen pasiones anacrónicas? Nadie ha ido a buscar en los legajos de la audiencia una respuesta a esta pregunta. Por otra parte, ¿por qué buscar la respuesta en las estadísticas del crimen? La pasión no se mide con el crimen. Sin embargo, la pasión total de Martine hacía pensar en el crimen. No era una pasión en serie, prefabricada, de material plástico. Y es por ello que las palabras se han puesto a hablar de la pasión profunda y negra como la noche, de lo que las tinieblas impiden ver en sus profundidades. De Martine, plantada al anochecer, en la linde de una selva oscura, y atrayendo a ella al viajero. Daniel la siguió, era un hombre.

# EL UNI-PRIX DE LOS SUEÑOS

**M**ami Donzert lloró. De alivio, de emoción. Desde hacía un año que eso duraba, la casa estaba aplastada bajo el peso de un secreto que no era tal secreto, bajo el peso del silencio sobre lo que todos sabían: que Martine se acostaba con Daniel Donelle. Ella ni siquiera lo ocultaba. Es decir, que avisaba cuando pensaba comer fuera, volver tarde o no volver del todo, dormir fuera de casa e ir directamente al trabajo. La primera vez que no regresó sino a las cuatro de la madrugada no se lo había dicho a nadie, por la sencilla razón de que ella misma no sabía nada de antemano. Mami Donzert, loca de inquietud, se fue a medianoche a despertar a Cècile que dormía plácidamente: ¿Martine no le había dicho nada en el momento de salir? ¿Y si no había salido con Daniel, si le había ocurrido un percance?

—Deja tranquila a Martine, mamá, ella sabe lo que quiere.

Menudita y abrigada en el hueco de su cama, Cècile reclinó su rubia cabeza sobre el pecho de su madre rodeándola con sus brazos:

—¡No le digas nada, mamá, te lo pido, no le digas nada! Es algo muy importante para ella... Tú sabes que ama a Daniel de toda la vida, de todos modos, nada podría detenerla.

Mami Donzert lo sabía, la fuerza del sentimiento que poseía Martine era tal que todo lo que ella hubiera podido decirle sobre su futuro, su reputación, el pecado, todo hubiera sido mezquino y desproporcionado... Para colmo Cècile se había echado a llorar:

—No le digas nada mamá, te lo suplico. Sin duda tiene la razón y es más feliz que yo.

Mientras esperaba por mami Donzert, el señor Georges daba vueltas y más vueltas en la cama. Este hombre pacífico le hubiera roto gustoso la cara a ese Daniel que no conocía, porque si algo había pasado... Mami Donzert volvió a acostarse:

—Mi pobre Georges —dijo llorando quedamente en su hombro—, tal vez no pensaste que al tomarme con dos hijas mayores ibas a tener tantos quebraderos de cabeza... Es peor que cuando eran menores...

—Todo eso se asentará, mi amiga, ya lo sabes, la gente joven... acuérdate de nosotros dos... Ah, si en mi mano estuviera, todo esos bribones de Daniel y de Jacques...

—¡Chis...! Mami Donzert apagó la luz precipitadamente: la llave en la cerradura, los pasos de Martine en puntilla de pies. La casa dormía.

Durante el desayuno, mientras tostaban el pan de espaldas a la mesa, mami Donzert dijo:

—La próxima vez avísanos, te creíamos muerta...

—Perdóneme, mami Donzert...

—¡Bien dicho! —el señor George pasaba con fuerza las páginas de su periódico—: todavía tienes que ganarte la tercera vuelta, hijita.

En conclusión, todo ese año y más habían pasado por momentos penosos. ¡Y ahora Martine les anunciaba su matrimonio con Daniel! Mami Donzert se había echado a llorar, el señor Georges a besar las manos de todas sus mujeres y Cècile, con las mejillas arreboladas, sus ojos malvas lacrimosos, miraba a Martine como si jamás la hubiera visto.

También en el instituto de belleza el anuncio del compromiso había causado sensación. ¡Una muchacha que se casa es algo maravilloso! Todos los hombres están siempre un tanto celosos de las jóvenes desposadas, y las mujeres, un tanto melancólicas, piensan en su propia historia. En el instituto de belleza se llevaban los colores de la casa, azul celeste y rosado, eran muy sentimentales, muy a lo familiar, a lo modistilla, soñaban con títulos y partículas, pareja ideal, primer beso, velo de novia, por fin solos, canastilla... ¡El noviazgo! ¡El momento más bello en la vida de una mujer! La señora Denise hizo traer champagne. Ya hacía tres años que la pequeña Martine estaba en la casa y todos se deshacían en elogios sobre ella. La pequeña diosa, como se complacían en llamarla, en los últimos meses había perdido su tranquilidad, ¡sin duda había gato encerrado! ¿Pero quién era el dichoso mortal? Se consumían por adivinarlo ¿Estudiante? ¿Será ingeniero-hortícola? ¡Pero esas dos palabras no casan! ¡Seguro, sí, es eso! ¿Y qué más? Se ocupará de las rosas... ¡Es extraordinario! ¡Y es una familia en la que se es así de padres a hijos! Su novio se instruía en la creación de nuevas rosas, lo mismo que uno que crea modelos, explicaba Martine. Dios mío, qué cosa tan rara... El barman, vestido de blanco de los pies a la cabeza, con una especie de charreteras en los hombros y de un ímpetu endiablado, que servía en el bar del comedor y que les llevaba a los clientes en sus cubículos golosinas y refrescos, dijo con un fuerte acento ruso que las últimas palabras del zar Nicolás II, cuando tuvo que abdicar, fueron: «Ahora podré ocuparme de mis rosas...» Todos se callaron. También les parecía que Daniel era un lindo nombre. «¿Y cuándo sería la boda? ¿Este verano ya? ¡Oigan, qué prisa tienen los dos!» «¿Me invitarán a la boda?», dijo la señora Denise en el colmo de la gentileza.

Al día siguiente Martine recibió un inmenso ramo de rosas de casa del florista más elegante de París, con una tarjeta que llevaba las firmas de todo el personal del instituto de belleza. En el establecimiento azul celeste y rosado acostumbraban tener esos lindos procederes. Luego todo volvió a su marcha, aunque todos siempre trataban de ser atentos con la más linda de las novias.

Cècile estaba en lo cierto cuando le decía a la señora Donzert que era mejor dejar tranquila a Martine, que ella sabía lo que quería. Era cierto y había en Martine una determinación casi siniestra, a tal extremo uno la sentía irrevocable. Se manifestaba en todo. Si, después de largas reflexiones que le quitaban el sueño, se decidía por un traje sastre normal en azul marino, mocasines del mismo color y un sombrero blanco, tenía que conseguirlos, el traje sastre, los mocasines y el sombrero, tales como se los había imaginado. Un azul marino entero que no tirara ni a gris ni a violeta. Los mocasines con un tacón de cuatro centímetros. Ni tres y medio ni cuatro y medio. Cuatro. La vendedora más ducha no hubiera podido persuadir a Martine que el color de los zapatos, que le iban divinamente, pegaban con el color de la muestra del traje sastre: siempre veía una pequeña diferencia, un tonito, una insignificancia que no era exactamente lo que ella buscaba. Cuando a Martine se le metía una cosa entre ceja y ceja, e incluso cuando esta cosa era un sueño, no se daba por vencida, y una vez que se había imaginado ese traje sastre azul con zapatos así o asá, no podía soportar la frustración de no tenerlos como los de la muestra de su sueño, dar marcha atrás le parecía un compromiso indigno, algo así como si se hubiera contentado con una mercancía averiada.

Era así, tanto en amor como en calzado. Soñaba, pero sus sueños eran precisos como una decisión pensada largamente. Desde siempre Martine soñó tener a Daniel por marido. Él o nadie, pero este era su único sueño quimérico y del que era una presa pasiva. Todos los demás sueños de Martine eran modestos, realizables, su único problema era lograr que se realizaran, y esto lo hacía muy activamente.

No soñaba ni con la fortuna ni con la gloria. Soñaba con un pequeño apartamento moderno en una casa de reciente construcción, a las puertas de París. Como Daniel, después de finalizar sus estudios en la escuela de horticultura, debiera trabajar con su padre en los viveros de rosas, ese apartamento no tenía ningún sentido, decía él. Pero Martine insistía con vehemencia: ¡No tener vivienda en París quería decir enterrarse para siempre en el campo! Era necesario, para no desesperarla, que tuvieran un apartamento solo para ellos, no para el señor Georges ni para mami Donzert, sino para ellos. Una pareja que vive con otra gente... Se decidió en consejo de familia que mami Donzert, el señor Georges y Cècile le comprarían a Martine un apartamento, este sería su regalo de bodas. Y Daniel miraba con estupefacción como lloraba Martine por haber fallado el último apartamento disponible en el edificio que le gustaba, exactamente el que ella había soñado, un apartamento en sus posibilidades económicas, con árboles al frente. Daniel miraba con curiosidad los lagrimones que resbalaban por las mejillas perfectas de Martine... ¡Llorar por un apartamento! ¡Qué no se diga, tú, perdida-en-los-bosques, que nunca lloras, llorar por un apartamento! Esas lágrimas expresaban para Daniel el maravilloso misterio de Martine. ¡Qué extraña mujer!

Soñaba con casarse por la iglesia... «Oye, Martine —le decía Daniel—, no dices eso en serio. ¿Por qué? Ya casarse en la notaría es grotesco, pero, vamos, ¡en la iglesia! Vamos, si fueras creyente no hubieras cometido ese pecado mortal y venial, vives como una pagana, de acuerdo con la naturaleza, mi querida niña. ¿Qué mosca te ha picado? Perdido todo ese dinero para los curas, cuando podríamos pagarnos un viajecito, una luna de miel un poco más larga, ¡oye, no me atrevo a pedirle a mi padre dinero para una boda...!»

En la comida en casa de mami Donzert, a la que Daniel había sido invitado a título de novio oficial, comprobó que todos estaban de acuerdo sobre este punto: Cècile hablaba sin parar de su vestido de dama de honor, por supuesto, rosado, ah, pero esta vez Martine iría de blanco y no de azul celeste. ¿Y en la familia de Daniel habría suficiente número de niños jóvenes y gentiles para llevar la cola? El velo le iría divinamente a Martine... y cuando Daniel, valerosamente, propuso el matrimonio civil solamente, nada más que con los testigos, y la partida inmediata sin fiestas ni banquete... Mami Donzert soltó el tenedor y salió disparada hacia la cocina —en honor del compromiso comían esa noche en el comedor—, para ocultar sus lágrimas. El señor Georges se puso a hablar de la actitud que un hombre galante debía tener para con las mujeres... ya que ellas soñaban con la solemnidad de la iglesia, en la blancura, en el umbral de su vida de esposas, un hombre galante estaba en la obligación de complacerlas.

# EL «WHO IS WHO» DE LAS ROSAS

**E**l banquete de bodas, tras la iglesia y la alcaldía, se efectuó en una hostería de la carretera central. La rapidez con la que Martine había hecho su elección entre todos los restaurantes que fue a ver daba a entender que hacía su buen rato que esa elección se había hecho, de lo contrario, por pesar el pro y el contra hubiera agotado a todo el mundo antes de decidirse... En efecto, un día Ginette había llevado a Martine a esa hostería, mucho antes del encuentro con Daniel bajo las arcadas, Martine se dijo que le gustaría volver allí para el banquete de sus bodas con Daniel.

Era una hostería monísima, de lleno sobre la carretera central, sin un árbol en su derredor, con tinas blancas y sus aros pintados de rojo en la que agonizaban geranios y que estaban colgadas a la orilla de la carretera. Los autos iban llegando uno tras otro y se estacionaban en una especie de patio, a la derecha de la hostería. La «cuatro caballos» de los jóvenes desposados, regalo del señor Donelle padre, ya estaba allí: era color gris ratón, con todos los poquitos, bien se estaba viendo que Martine había tenido que ver en su compra. Estaba el auto de ese amigo de Daniel que le prestaba el cuarto a este y a Martine cuando no tenían dónde hacer el amor. Luego llegó el autobús con la juventud, amigas de Cècile, mecanógrafas de la agencia de viajes, y estudiantes de la escuela de horticultura, amigos de Daniel: Martine había exigido que invitaran a bailadores, ¡era lamentable ver a las jovencitas bailar entre ellas! El padre de Daniel se bajaba de su vieja Citrôen familiar, acompañado de Dominique, la hermana de Daniel, la que en otro tiempo fuera florista y sus dos hijos.

Dominique, su hija, se le parecía, alta y un tanto encorvada, con una mata de pelo negro, pero probablemente tan reservada como su padre, parlanchín y exuberante.

—¡Verán —el señor Donelle gritaba al entrar en la hostería— que aquí no hay un gato! Y no vayan a pensar que es por las bodas, no, ¡jamás he visto un auto estacionado ni un cliente en el jardín!

Después llegaron mami Donzert y el señor Georges, la prima vieja en cuya casa dormía mami Donzert cuando antaño venía de la aldea, el boticario y la boticaria que habían traído a toda esa gente... mami Donzert, muy excitada, atravesó rápidamente el salón para ir al jardín: ahí comeremos...

—Ya llegaron los novios, señor Donelle—, he visto su auto, una preciosidad... me voy corriendo a ver cómo va ese almuerzo...

—Todo marcha bien, señora—, no se quejará de nada y tampoco la recién casada —dijo el dueño que estaba en el centro del salón y saludaba a los invitados.

El comedor era oscuro y fresco, protegido por paredes muy espesas y a la primera ojeada se advertía que la hostería era vetustísima, con sus vigas labradas con una hachuela y la chimenea en piedra esculpida. Un bar, botellas, una pista de baile de madera amarilla y pulida. El dueño era

imponente: alto, de torso majestuoso, las caderas insóli-
tamente estrechas y un barrigón oval en forma de huevo
que no casaba con el resto del cuerpo y como añadido.
Saludó con voz imperceptible a la señora Denise, impecable
con su pelo blanco en canas y su vestido de Dior,
acompañada de su amigo. Su auto blanco, convertible, era
una pura maravilla, sobre todo para el conocedor de automóviles. La señora Denise había llevado en su auto a Ginette y a su hijito Richard, rubio en exceso y de glúteos
abultados. Vestida en tonos pastel, era todo polvo de arroz,
cremas y perfumes. Junto al fondo del oscuro salón el sol
recortaba como un cuchillo el rectángulo enceguecedor de
la puerta que llevaba al jardín.

Allí era donde se había puesto la mesa. El sol castigaba,
no había ni asomo de sombra. Era un jardín todavía en
formación, con unos cuantos resalvos de tilos con sus rodri-
gones, sus ramas cortas y hojas claras y brillantes. Tan solo
un rosal trepaba sobre el brocal y, generoso, cubría con una
cascada de rosas en miniatura esa apariencia de pozo. Para
tener un poco de sombra se habían juntado las mesas
redondas con quitasol, lo que, debido a los huecos en x
entre cada dos mesas, no constituía una mesa común...
Mami Donzert pensaba para sus adentros que Martine no
podía haber podido elegir peor sitio, que los jóvenes creen
siempre saberlo todo, ¡y que todo eso era una verdadera
catástrofe! En fin, con el sol como el amarillo de los quita-
soles, el rojo y blanco de los asientos de listones, mal que
bien, y en fin de cuentas resultaba alegre.

Y la comida fue excelente, más que excelente, suculenta
y abundante... Mami Donzert se decía que en verdad y para
ser justos, por lo que habían pagado no se podía pedir más.

Y los vinos y los alcoholes... Eran unos cuarenta a la mesa. ¡Y hacía un calor! Clandestinamente mami Donzert se había quitado los zapatos. Los chicos de Dominique, despojados de sus camisitas almidonadas y de sus zapatos blancos de gamuza, movían deliciosamente los dedos de los pies y corrían por el jardín con el pecho y los pies desnudos.

La señora Denise se sentía muy contenta de su jornada, tuvo mucha razón en hacer ese gesto, de asistir a las bodas de una gentil empleada, y no había esperado encontrar a un hombre tan distinguido como el señor Donelle. La hermana del recién casado, esa vara de tumbar gatos, tampoco estaba del todo mal. ¡Para no hablar de la comida! Sin duda Daniel era un joven muy bien educado, que incluso intimidaba un poco... Muy atractivo.

—Tiene usted un bello oficio, señor Donelle —le dijo al padre de Daniel, mientras paladeaba un delicioso café.

—Es un oficio que llevamos en la sangre, señora. Daniel y sus primos son la cuarta generación de Donelle cultivadores de rosas. Y mis nietos que usted está viendo, si siguen fieles a la tradición, serán la quinta.

—Un poco como los hijos menores de las grandes familias inglesas, que no heredan y se ven obligados a correr mundo —dijo la señora Denise, pensativa.

—Si usted así lo piensa... Aunque numerosa y grande no sea la misma cosa. Sucede que el propietario del castillo, el conde R... era un gran aficionado a las flores y tenía un jardinero excepcional... Mi abuelo fue un alumno también excepcional... ¡Se casó con la hija del jardinero!

Se rieron y el señor Donelle prosiguió:

—Tuvieron su primer hijo en 1850 y a abuelo le dio por volver a la granja de la familia e instalarse como horticultor. Tiene que haber sudado tinta para persuadir a la familia a ensayar un nuevo oficio, usted sabe lo que son los campesinos: lentos, testarudos, desconfiados... Por fin le concedieron la tierra que un día debía pertenecerle, una victoria extraordinaria: ¡Entre nosotros no se divide! Abuelo se había dedicado al cultivo de las flores y sobre todo de las rosas. Las vendían en París en los mercados de la Citè y de la Madeleine; no ganaba mucho con ellas, en todo caso más que con los vegetales y, poco a poco, fue ganando terreno. Pero fue su hijo el que definitivamente abandonó el gran cultivo y no se ocupó más que de las flores. La vieja granja con sus tierras se convirtió en un establecimiento hortícola. En lo adelante solo se plantaron rosales. Mi padre, Daniel Donelle, fue un gran cultivador de rosas. A mi hijo le puse su nombre. Espero que le hará honor.

—¿Pero hay plantaciones de rosas «Donelle» en Brieconte-Robert? —preguntó interesado el representante de autos, el amigo de la señora Denise, al que el volumen de los negocios del señor Donelle le empezaba a interesar—. El otro día pasé por allá y ese nombre me llamó la atención.

—El que está ahí es Marc Donelle, mi hermano. Compramos tierra en ese lugar y construimos invernaderos para la rosa cortada. Poseemos otras plantaciones de rosas en Seine-et-Marne, en los Alpes Marítimos, la Vaucluse, el Loire, las Bocas del Ròdano... Señora, los Donelle son una gran familia, y hay siempre un primo o un yerno que vaya a ocuparse de los nuevos cultivos, de los invernaderos y de las plantaciones. Es raro que un Donelle se case fuera de familias hortícolas, por así decir. Daniel es una excepción. En fin, Martine es, pese a todo, una hija del campo.

Por las puertas abiertas, desde el oscuro salón llegaba el ritmo de un samba, jóvenes y damiselas parecían estar trabados en batalla campal.

—El oficio de comerciante de rosas —prosiguió el señor Donelle —estaba muy extendido en Francia en los siglos XV y XVI. Incluso existía una costumbre que debía contribuir a mantener agradables relaciones entre gentes que se «debían mutuas deferencias». He leído en una *Historia de las antigüedades de la ciudad de París* que los príncipes de la sangre que tenían dignidad de par en la jurisdicción de los parlamentos de París y de Tolosa estaban en la obligación de darle rosas al parlamento, en abril, mayo y junio. El par que presentaba las rosas tapizaba con ellas todas las cámaras del parlamento, luego les ofrecía un almuerzo a los presidentes, a los consejeros, a los cartularios y a los ujieres de la corte de justicia. Después del festín, iba a cada cámara a llevar ramilletes y coronas ordenadas con sus armas, para todos los oficiales. No se le concedía audiencia sino después y luego se escuchaba la misa. Por lo demás el parlamento tenía su hacedor de rosas al que se llamaba «Rosal de la corte» y el príncipe de la sangre que pagaba su impuesto en rosas al parlamento estaba obligado a proveerse en este.

—¡Habría que ver al señor Ramadier o al señor Georges Bidault ceñidos de corona de rosas!

La farmacéutica alzó brazos al cielo. ¡Ella siempre tenía una palabra para hacer reír! Todos se rieron y mucho más cuando Ginette, toda desconcertada, preguntó:

—¿Así que había un parlamento en el siglo XV? ¿Entonces, ya existía la república?

El joven trigueño que ya empezaba precozmente a perder el pelo, el estudiante de letras con el que Daniel había estado en la resistencia y que le prestaba su cuarto, ignoró también, muy discretamente, a Ginette:

—¿Sabe usted, señor Donelle, que ya en el siglo XII se hablaba de la «ofrenda de rosas»? La reina Blanca de Castilla la había instituido con motivo del matrimonio de la hija del primer presidente del parlamento de París, la bella Marie Dubuisson.

El amigo de Daniel debía amar a las mujeres. La belleza de Martine lo había sacudido, y pensar que había dormido en su cama...

Cada vez más la señora Denise veía a la vieja Francia representada en el señor Donelle, y ahora ese joven... eran gentes muy bien.

—Cultivadores de rosas de padres a hijos... Cuando se es algo de padres a hijos, señor Donelle, se es aristócrata —dijo ella—. ¿Su hijo va a continuar este linaje aristocrático?

—¿Aristocrático? —El señor Donelle miró a la señora Denise con una sonrisita. Hubo horticultores que pertenescieron a la nobleza, por ejemplo, los Vilmorin... Perdieron sus pregorrativas de hidalgo porque se entregaron a los negocios hacia 1760. Pero las dinastías de cultivadores de rosas, los Pernet-Duchet, los Nonin, los Meilland, los Mallerin, no poseen ni título ni partículas. Nuestro Gotha es el de las Rosas o —¡no seamos en exceso ambiciosos! Nuestro *who is who* de las rosas...

La señora Denise experimentó una agradable sorpresa: ese hombre hablaba inglés.

Los camareros trajeron champán. Decididamente esta fiesta era todo un éxito. En el salón la gente estaba de lo más divertida, se oían risas, gritos y aplausos. Ginette, que no aguantaba más, dejó a las personas mayores que empezaban a hartarla y se fue a bailar.

—¡Qué bien la estamos pasando aquí! —Menudita, Martine bailaba en los pujantes brazos del dueño de la hostería.

—De usted solo depende, señorita... perdón, señora, de volver cuando guste. Y cuando le digo esto no habla el interés.

—Muy cierto, señor. Pero una no se casa todos los días. Le estoy muy agradecida, a usted y a Ginette, de haber preparado tan bien las cosas. No querría abusar, no obstante... ¡Como lo está viendo, aún no tenemos un Cadillac, antes bien es una «cuatro caballos»!

—Y yo le digo que tendrá el Cadillac, señora, se lo digo yo, aunque, y de eso estoy seguro, si lo hubiese querido hace rato que estaría a su disposición.

—¿Por quién me toma...? —dijo Martine con una voz apagada, sin punto de exclamación.

—Cuando uno la ve señora, se lamenta de que el *striptease* no sea de uso más corriente!

El baile terminó y los jóvenes gritaron a una: «¡Basta!» Y, a coro: «¡Chachachá!» «¡Chachachá!»

Martine volvió junto a Daniel que la esperaba con las manos en los bolsillos y se divertía de lo lindo mirando a los otros hacer locuras.

—¡Qué cosa! —dijo Martine—, todas las mujeres te lo dirán: los maridos nunca saben bailar. ¿Es que los buenos bailadores no se casan o es que...?

—Mi corazón, te comprendería lo mismo si dijeses: ¿Es que los buenos bailadores no se casan nunca, o es que...?
¿Qué rayos te enseñan en ese instituto de belleza?
—¡Lo cual no impide que bailes a la patada!
—¡Muy justo! Te amo, mi hada, mi bailarina, mis piececitos danzantes... el sol terminará acostándose y nosotros también. Sigo esperando, esperando...
—Yo no tendré que seguir esperando. Te tengo.

Ni signo de exclamación ni puntos suspensivos. La puntuación en el lenguaje de Martine se hacía cada vez más de la de una máquina de escribir de oficina.

—¿Y si nos largáramos ahora mismo? —Daniel la estrechó contra él—. He descubierto que la puerta que está detrás de los servicios sanitarios da al camino.

Nadie pareció darse cuenta de que se habían largado. El *pick up* seguía desgalillándose, y átomos en cadena, como se decía en la época en que el átomo no quería decir nada, mantenían a las parejas en un estado de placer compartido. El dueño de la hostería se fue a sus habitaciones y le hizo a Ginette una seña discreta. El señor Donelle y compañía dieron unos pasos sobre la gravilla crujiente del jardín, luego salieron al asfalto de la carretera. Todos habían comido y bebido en exceso. El día seguía estando pesado, muy pesado...

De pronto los jóvenes y damiselas salieron en turbión de la casa y trepaban al autobús donde el chófer dormitaba esperando la salida. Querían dar un paseo, hacer cualquier cosa, no se iban a separar así como así.

La señora Donzert, muerta de cansancio, le daba las gracias al amigo de Daniel que quería llevar a toda la familia, el señor Georges, Cècile y su Jacques, a París. El farmacéutico ahora iba en otra dirección, pues regresaba a su aldea. Cècile y Jacques no habían querido ir en autobús con la gente joven. Cècile no estaba para el paso, parecía fatigada, y Jacques, un mocetón reservado no decía nada... Se veía a las claras que los dos habían peleado.

—Hemos pasado un día maravilloso... —La señora Denise subía a la rutilante máquina de su amigo—: ¿Dónde está Ginette? Que se fastidie... Estoy segura de que se las arreglará.

Solo quedaba la vieja Citröen del señor Donelle.

—¡Abuelito! ¡Salió la luna! —dijo la pequeña que tenía un largo pelo negro suelto...

# UNA PLAZA FUERTE

¿Una vez más Martine será feliz en su vida, como lo fue esa tarde, esa noche y aun al otro día...? Esa dicha no era a crédito, como el apartamento y la «cuatro caballos», esa dicha nada le debía a nadie. O, más bien, ella misma la había pagado durante tantos años que ahora le pertenecía, ya no se la podían arrebatar.

Habían atravesado lugares que les parecían extraños, porque surgían repentinamente al salir de los besos y de los árboles... No corrían, incluso cuando avanzaban, porque Daniel manejaba con una mano, tal vez no sabía bailar, pero sabía manejar, los maridos saben manejar, ¿eh, Martine?, y besarte. El valle del Sena en torno a ellos era sonoro como lo son las casas nuevas, sin muebles, ¿o tal vez no sería un autódromo o un velódromo? De cuando en cuando les llegaba como un ruido de caballo al galope, el viento o un pelotón de corredores. ¿O quizás era la trepidación de una fábrica? Pero eso se diluía, se alejaba sin haber aparecido. Iban por encima del río, luego se sumían en el bosque y salían de allí para encontrarse en otro recuerdo del Sena... Estaban en su poder, el río volvía a atraerlos junto a él. Para Martine este era un verdadero viaje, ella que tan solo conocía su aldea y París, sentíase a unos cien kiómetros de París, maravillosamente extrañada, a tal punto ese vasto cielo claro e implacable era poco parecido a su cielo familiar.

Comieron en el jardín de un hotel aislado en la campiña, en un sitio cualquiera cerca de Louviers. Eran más de las diez, pero el tiempo era tan clemente que daban ganas de quedarse afuera interminablemente. Las parejas, sentadas en mesitas puestas sobre el césped y con bombillitos en los árboles... Las chaquetillas de los camareros y los manteles perforaban la noche con su blanco violento. Aquí nadie se asombra de que alguien llegue a tal o más cual hora. Antes de sentarse a la mesa, Martine y Daniel dieron un paseo por el parque del hotel. Los senderos, los paseos japoneses que los conducían a grupos de árboles, a bosquecillos... De pronto un estanque, y la blancura de los cisnes hacía pensar en las chaquetillas de los camareros y en los manteles.

—Ven, mi gatita. El champán debe estar frío y el lecho bien caliente.

Martine estaba ebria de felicidad, y se echó a reír como una loca, porque sobre la mesa preparada para ellos, tan bien arreglada, servida, con flores, ¡se paseaba una urraca! Una vulgar urraca negra que metía el pico en todas partes, y que cuando el camarero trató de echarla se puso a dar gritos de arpía, atrapó con su pico el mantel y tiró de él. ¡Todo un problema para echarla! El dueño se acercó dejando ver una sonrisa de complicidad:

—Este pájaro es insoportable —dijo—, ¡pero divierte tanto a los clientes! ¡Y también a nosotros! Nos hemos encariñado con él. Solo hay que vigilarlo... acaba de tomarse una menta en aquella mesa, y se lleva todo cuanto brilla, ¡tenga cuidado, señora!

Daniel miraba reírse a Martine y encontraba que la urraca era un pájaro fantástico. No comieron mucho, a pesar de no haberlo hecho en el almuerzo, pero tenían sed, y las aletas de la nariz de Martine temblaban con ese champán que se las cosquilleaba y picaba.

—¡Ah —decía—, ah! Esta urraca negra y ladrona... Cuando todavía me decían Martine-perdida-en-los-bosques, la Marie, mi madre, me decía urraca negra y ladrona porque yo me robaba todo lo que era liso y brillante. ¡Qué gusto me daban las bolas de mis hermanitos! ¡Era un placer sacudirlas en el bolsillo de mi chaqueta! Mi madre gritaba: ¡Es una urraca negra y ladrona! Y todos los hermanitos decían a coro: ¡Una urraca! ¡Y ahora me ponen una urraca sobre la mesa en la noche de mis bodas y me echan una urraca en mi champán! ¡Formidable!

—Formidable no es la palabra, te lo aseguro, mi Martinot —Daniel le servía de beber— una urraca no es ni formidable ni impecable, es una hechicera como tú. Dame tus manitas, Martine.

—Es una arpía —Martine puso sus manos en las palmas de las abiertas manos de Daniel que se cerraron sobre ellas—, no conoce las palabras prohibidas, vocifera las palabras que quiere... la urraca está furiosa. ¡Voy a atrapar el mantel con los dientes y a tirar de él!

—Te tengo agarrada...

Daniel le tenía firmemente agarradas las manos a Martine y se olvidaron de que les iba subiendo como una ira para anegarse uno en los ojos del otro.

En otras mesas se contaban otras cosas. Unas parejas habían llegado hasta el hotel en esos grandes autos que esperaban por ellos al fondo de un vasto garaje, brillando en la sombra con sus barnizados impecables. Los hombres tenían con qué pagar el auto, la mujer, el pollo frío con gelatina y el delicioso vino del año. Aquí todo era agrado, frescura, placer... bellas las mujeres, los hombres al menos atildados... la única persona malhumorada era la urraca. Martine y Daniel dejaron la mesa.

Una habitación minúscula, toda tapizada con una tela floreada, clara, pastosa como un huevo. La ventana se abría al cielo y a los perfumes de la noche.

Por la mañana descubrieron ante su vista un césped, y más allá, en el infinito, el verdor de los campos, la campiña sin una casa. De nuevo Martine experimentó un agudo placer ante la excelencia del desayuno, las finas tazas, los pequeños frascos de mermelada sellados, las tostadas, las medias lunas... y había rosas en el centro de mesa, una atención de la casa. Martine las estrechó contra su camisón, no de nailon, sino de seda pura: para su noche de bodas había querido seda y encajes...

—¡Dios mío, qué bella eres! —dijo Daniel, mirándola estupefacto, lo mismo que nos quedamos estupefactos cuando de mañana nos levantamos ante la belleza de un jardín con los pájaros y el rocío, y cuando ninguna mirada aún se ha posado en esas flores, en esos rayos del sol, con la frescura de la primera respiración... —¡Dios mío, qué bella eres! — repitió Daniel y se miró en el estrecho espejo.

Se miraba en el estrecho espejo y decía para sus adentros: «Daniel, esto acabará mal», con los ojos en los ojos del Daniel del espejo, un Daniel en pantalón de pijama, con el torso desnudo, joven, fuerte y a los veinte y cuatro años con algunas arrugas en la frente. Los ojos en los ojos, los dos Daniel se miraban con esos ojos que tienen los hombres que miran crecer las plantas con atención y paciencia, que ven en el cielo y la tierra de donde viene la vida y el esplendor, los dos Daniel movieron la cabeza y el verdadero Daniel se volvió hacia Martine:

—¡Toma! —le tiró una bufanda—, cúbrete esos pechos, seguramente el camarero va a volver para llevarse la bandeja.

Ahora se dirigían sin parar a la granja de la familia de los Donelle para allí pasar las vacaciones de la luna de miel: después de los gastos hechos no podían hacer otros.

Iban por la gran llanura sembrada de valles. De muy lejos ya se podía distinguir la mancha gris que era la antigua granja de los Donelle. Se la perdía de vista en las bajadas, se la volvía encontrar en las subidas... Daniel sentíase un tanto conmovido ante la idea de introducir a Martine en el mundo de su niñez, en la intimidad de sus recuerdos: es embarazoso comunicarlos, compartirlos. Se acercaban: la granja, aislada sobre un vasto tapiz de dibujos geométricos, ocre, verde, castaño, amarillo, se hacía cada vez más grande a ojos vistas.

Tan solo paredes... De piedra gris, una fortaleza rectangular, con tres torrecillas, dos redondas y una cuadrada. La parte de la pared que daba a la carretera era altísima, se hacía casa, con algunas ventanas y pórtico todo de madera, tan alto que llegaba al primer piso. Al lado del pórtico había una puerta barnizada, de reciente construcción, con dos escalones y una placa de cobre: *Donelle, horticultor*. Habían llegado.

—No tengas miedo, mi Martinot —le decía Daniel por centésima vez—, a ti, que no te gusta el desorden, ¡ya verás!

El pórtico se abrió en un furioso concierto de perros que saltaban corriendo de un lado a otro lado... Un obrero joven, muy rubio, desnudo hasta la cintura se quitaba su sombrero de paja y dejaba ver ampliamente sus dientes en lo tostado de su cara. Cerró el pórtico detrás de ellos y desapareció en la casa. Daniel estacionaba el auto en un colgadizo adosado a la pared, junto a la Citröen de su padre y de una camioneta. Los perros seguían ladrando y saltando.

Se hubiera pensado en la plaza de una aldea junto al mercado... el patio embaldosado estaba lleno de paja, de cestos para llevar aves, de cordeles, de periódicos viejos, de carretillas, de toldos... fango en casi todas partes. Debió haber llovido. Cerca del viejo pozo se veía una especie de pantano en que chapuzaban los patos. Las gallinas, seguidas de sus polluelos, buscaban su pitanza entre las baldosas donde crecía la hierba. Los gatos estaban echados, aquí y allá, al sol... sobre el brocal del pozo, sobre los tejados de construcciones bajas adosadas a las paredes, sobre los escalones delante de las puertas... Del lado del pórtico, en que estaba la casa de vivienda de un piso, el tronco en espiral de una viejísima glicina trepaba el muro y de ahí abarcaba todo el patio, dejando caer negligentemente sus inmensos ramajes verdes sobre todo ese desorden. Frente al pórtico, del lado de la casa de vivienda, había un segundo pórtico que se abría sobre los campos y sobre un horizonte lejano...

El señor Donelle sentíase feliz de recibir a los recién casados. Dominique le estrechó la mano a Martine y dijo rápidamente, con una sonrisa que se borró al instante: «Sea bienvenida», y puso delante de ella a la pequeña Sophie, que le ofrecía un gran ramo de rosas. Esta escena tenía lugar en el comedor, oscuro por la sombra que daba la glicina. Debía ser húmedo, los papeles pintados del techo, con un dibujo en relieve, blanco sobre blanco, colgaban en pedazos. Había un aparador de madera tallada y sillas de respaldo alto, recubiertas de un cuero repujado y con clavos de cobre. En las paredes se veían fotos ampliadas de la familia, un barómetro y un paisaje que representaba una aldea y que, en el campanario de la iglesia tenía ¡un relojito de verdad!

—Vamos a ver, hija mía, ¿te gusta el corpanchón? Porque si te gusta es tuyo, ¡a una recién casada no se le niega nada!

El señor Donelle trinchaba el, o más bien, los pollos, con mano maestra. Eran muchos familiares a la mesa: además del señor Donelle, Dominique y los niños, se hallaban también los tres primos que Martine conocía de la aldea. A Martine no le gustaba el corpanchón, y ya no tenía hambre después del pastel casero, el salchichón, el jamón casero, el melón... El clarete lo recibían directamente de la casa de un amigo aficionado a las rosas, un vino que no estaba falsificado, ¡no, eso nunca! La torta reconcilió a Martine con la decrépita refunfuñona que cocinaba y servía la mesa. La llamaban la madre-de-los-perros, ¡y vaya si había perros...! En esos momentos estaban echados alrededor de la mesa, bien amaestrados, sin mendigar, obedientes al ojo y al dedo... un pastor alemán de pura raza y perros cruzados salidos de perros de caza. De cuando en cuando se les echaba un pedazo de carne o una miga de pan mojada en salsa y ni siquiera se peleaban entre ellos.

El señor Donelle se había puesto el mismo traje que llevara en las bodas de Martine, oscuro y ancho; los tres sobrinos también iban de traje completo, con chaleco; esas telas parecían aún más gruesas a causa del calor reinante. Dominique, con un vestido blanco de algodón sin mangas, con sus brazos tostados por el sol se veía mucho mejor que cuando las bodas; la pequeña Sophie, a la que habían peinado de nuevo de modo que el pelo le cayera sobre la espalda, sufría terriblemente del calor y el cabello se le pegaba en la frente y se le metía por los ojos. No probaba bocado y miraba a Martine. También la miraba el pequeñín y sentía calor. Los tres primos la miraban a hurtadillas, hablaban poco. Bernard, el que amaba a los alemanes, parecía estar divinamente, ese mismo Bernard que a raíz de la partida de los boches se había quedado tan esquelético que era una verdadera irrisión. «¡Esa corbata —se decía Martine—, no, no es posible! Y esa jeta que ahora muestra como si no supiera que es Bernard, pensaría que es Goebbels evadido que se ha repuesto en el campo!» Los otros dos primos, Pierrot y Jeannot tenían un cierto parecido con Daniel... Pero esos sacos que llevaban puestos, ¿con que estaban forrados, con cartón? Vaya, vaya... Y qué bello ver a su Daniel con su camisa blanca de cuello abierto... Se hablaba sobre todo de la época en que esos grandullones y Dominique eran niños. ¡La vez que Daniel se había comido un bocal de ciruelas maceradas en aguardiente! De eso hace sus buenos veinte años y desde entonces siempre esconden la llave en una talladura del aparador. Licores y alcoholes siempre están en el aparador, de este modo el señor Donelle los tiene al alcance de la mano cuando quiere ofrecerle un vaso a un cliente... Su escritorio está al lado del comedor, es la puerta de este lado... ¡Y el día que Dominique se cayó en el pozo! Los cuatro muchachos la habían cogido al vuelo y la mantenían con la punta de sus dedos por encima del vacío, hasta que dos obreros la sacaron de allí. ¡Y el primer injerto hecho por Daniel! ¡Se rieron a más no poder! Por así decir había injertado a su modo. A cada nueva historia la pequeña se volvía hacia su madre y le susurraba algo al oído, y Dominique decía: «Oh, quizás cuatro años... seis... doce...

Cuando sirvieron el café todos parecían estar un tanto ausentes y con el último buche todavía en la boca cada cual salió disparado como un perro al que le quitan el collar: ¡A trabajar...! Como Daniel y Martine estaban de vacaciones bien podían ir a descansar. Daniel había cogido a Martine por el brazo para llevarla a su cuarto. Apenas llegados se habían sentado a la mesa y ella todavía no había visto nada. De modo que contiguo al comedor estaba el escritorio, de ese comedor que solo se utilizaba en las grandes ocasiones. Daniel abrió la puerta del escritorio: máquinas de escribir, registros y expedientes sobre entrepaños... ¡Se diría el estudio de un notario! ¡Y qué calor! Un contador y una mecanógrafa le dieron la mano a la joven señora Donelle. Una segunda puerta daba a un vestíbulo de donde se podía salir directamente a la carretera: era la puertecita que estaba cerca del pórtico y en la que podía leerse *Donelle, horticultor*. En ese mismo vestíbulo había una escalera de piedra con un lindo pasamanos: en el piso alto se advertía un largo corredor al que le daban escasa luz unas ventanas situadas del lado de la carretera. Daniel abría, una por una, las puertas de las habitaciones. Eran grandes como salones, encaladas, con grandes muebles de una madera oscura, con sobrecamas tejidas, con crucifijos, tenían la inmovilidad de los cuartos inhabitados, un silencio inerte. En esas habitaciones nadie dormía desde hacía años, la familia había disminuido como explicaba Daniel, y además habían aprendido a sentir frío. En otros tiempos, según parece, nadie sentía frío y solo se encendía la chimenea en caso de que alguien estuviese enfermo al punto de guardar cama. Ahora sería necesario instalar la calefacción, pero papá se niega a quemar su dinero, él jamás siente frío. Es por eso que todos se han mudado para el otro lado del pórtico, han dividido a las habitaciones y puesto estufas. De este lado solo yo tengo calefacción en invierno. Nunca sentirás frío, mi Martinot... Martine no dijo nada, pero ante el anuncio de este calor sintió un temblor, la sola idea de vivir aquí la hacía estremecerse.

El cuarto de Daniel estaba al extremo del corredor y para llegar hasta allí había que subir unos escalones. Era un cuarto de techo tan bajo que se podía tocar con la mano, sobre el yeso blanco de las paredes se veían los travesaños de las vigas. Había unos estantes con libros. Una gran mesa vieja, de esas que se usan en las granjas y colocadas frente a una ventana que daba a los campos, con un primer plano sembrado de colza tan amarilla como azul era el cielo, y, al fondo, el vasto, vasto horizonte. Una butaca desfondada, una cama de caoba, casi negra a fuerza del tiempo, y una mesa de noche de la misma madera, en forma de columna con su mármol negro encima y un sitio debajo para el bacín. El piso era de tablones mal unidos y gastados por el tiempo. Había en la habitación un fuerte olor a rosas rojas, cálidas: las había por todas partes, en jarras blancas, grandes y pequeñas, rectas de pico puntiagudo y regordetas con un gran morro para escanciar. En un rincón de la habitación una balaustrada circular en torno a un hueco en el piso: era la escalera de caracol que llevaba a la cocina. Tal era la habitación de Daniel. Tal era la casa en que había nacido. A Martine tenía que gustarle.

—Esta granja me la imagino arreglada... —dijo Martine pensativa. Le dio la espalda al tragaluz y fue junto a Daniel, muy, muy junto a él.

—¿Martine, te gusta mi casa? —preguntó emocionado.

—Me gustas tú.

Él se separó un poco:

—A mí no me gustan las granjas arregladas...

Saltaba a la vista: a Martine no le gustaba su casa natal. No conseguiría hacerle compartir su pasado. Ese pasado no era comunicable, cada cual se quedaría solo con su pasado como en un sueño. A ella no le gustaba la casa de la niñez de Daniel, ¡tan solo se la perdonaba! ¡Sin embargo era una linda casa! Pero a ella le gustaba la «granja arreglada», modelada sobre las imágenes de la Maison Française, brillante y satinada... Mala suerte.

—¿Y dónde me lavo? —preguntó Martine mirándose en un espejito que colgaba de la pared.

—En la cocina, linda, en el fregadero, no hay cuarto de baño. Déjame explicarte: a papá lo tiene sin cuidado el confort moderno. Para las rosas papá dispone de un embalse y tiene toda el agua que quiere para regarlas, pero en la casa tenemos que servirnos del pozo y si tenemos la bomba es porque cuando Dominique volvió después de la muerte de su marido amenazó con llevar la ropa al pueblo para lavarla. ¡Un escándalo del que todavía no se oyó en la familia Donelle! ¡Nada menos que mandar a lavar la ropa sucia en público! Entonces papá accedió y tuvimos la bomba.

—Tu padre es un avaro... —dijo Martine abriendo su maleta.

—¡No! ¡No es un avaro, Dios mío! ¡Pero llamar por teléfono para esa maldita bomba y tener obreros en la casa, eso lo solivianta, vaya! De tener que innovar prefiere instalar un local climatizado para conservar los rosales arrancados antes que la calefacción central para nosotros. ¡Avaro! Me duele que puedas pensar que papá es un avaro... Estoy seguro de que no tiene la menor idea de lo que posee! ¡Y tampoco nadie! Para no hablar de los aleatorios de una ocupación que depende del humor del buen Dios.

—Es complicado lo que me cuentas — Martine con sus vestidos, que acababa de sacar de las maletas, inspeccionaba la habitación: ¿dónde los pondría?—Me cansa menos pensar que es sencillamente avaro. ¡Al menos, en lo que se refiere a la comida, no hay nada que objetar, es impecable!

Daniel miraba como Martine ponía en los percheros los vestidos y los colgaba en una fila de clavos puestos en la pared. Las gavetas de la gran cómoda estaban abiertas y en ellas iba poniendo cosas lindas, finas...

La siesta se prolongó. Así pasaron el resto de la tarde. Nadie vino a molestarlos, y detrás de la ventana se veía el desierto dorado de colza, el cielo, un horizonte trazado con paz. Daniel bajó a buscar de beber y volvió con una botella de clarete, empañada, fresca, galletas y frutas... Por la noche atravesaron el desierto piso para bajar por la escalera de piedra al vestíbulo y salir a la carretera asfaltada. La noche era balsámica, hacía un tiempo magnífico, y el aire, fresco e inmóvil, tenía la conmovedora dulzura de un chiquilín. Cuando volvían del paseo a Martine se le antojó que la granja era muy vasta, como una plaza fuerte con su torreón y muralla medieval.

—Se diría un castillo deshabitado —murmuró con respeto—, ni una luz...

—Todos duermen. Se levantan con el sol.

La puerta que daba a la carretera no estaba cerrada. Subieron por la escalera sin hacer ruido, pese a que nadie dormía de ese lado, atravesaron el corredor y se acostaron.

# TRAS LOS PASOS DEL GUARDIÁN DE LAS ROSAS

L as hileras paralelas de rosales se perdían de vista ante ellos, estaban en plena floración, había hileras rojas, rosadas, amarillas. Había ya rosas marchitas que habían cambiado de color, abiertas, mostrando sus estambres desnervados, en un desorden de pétalos, los rojos viniendo a parar en malva, los blancos y amarillos, manchados, agostados los bordes de sus pétalos. Martine se dijo que una rosaleda jamás sería una cosa impecable.

—Es aquí —dijo el señor Donelle— donde abuelo sembró sus primeros rosales, es allá donde todo empezó. Desde las rosas de los magos nos hemos enredado, tanto unos como otros. Por el cultivo... No es cosa frecuente los complicados espontáneos, como tú, Martine. En fin, hablemos de rosales. Inopinadamente las rosas de los magos, nuestra Rosa de Francia, la rosa gálica ha dado flores dobles. ¡Espontáneamente! Lo ves, Martine, eso también le ocurre a las flores. Entonces se pusieron a cultivarla, a mejorarla como se dice. ¿Por qué la complicación es un mejoramiento? Por mi parte, estéticamente hablando, prefiero las rosas simples de cinco pétalos.

—¡Eres un *snob*, padre! —Daniel lanzó una risotada.

—Bueno, bueno, tal vez lo sea. De las rosas silvestres los griegos hicieron las rosas cien-hojas. La tienes en efigie sobre la pared de tu cuarto, puesto que el cuarto de Daniel es ahora el tuyo. Y porque Redouté la pintó a comienzos del siglo XIX, participa mucho más de las efigies que de la naturaleza. Diríase que Redouté la vistió con vuelitos, y ahora es difícil imaginarse que es algunos siglos vieja y que nos llega de la antigüedad...

—Padre, hace calor —dijo Daniel, que tenía la impresión de que Martine se aburría.

Sin embargo seguía avanzando. A lo lejos se veía un tractor surcando la tierra parda, ondulada... Un poco más cerca había surcos verde tierno, encima de los cuales pequeñas siluetas dobladas en dos, con la cabeza casi metida entre las piernas abiertas, parecían estar inmóviles bajo el ardiente sol... sin embargo, de cuando en cuando, avanzaban unos pasos...

—Lo que están haciendo allá es un trabajo de la más alta calidad. — El señor Donelle puso su mano en visera. —Trato de interesarte en el negocio, Martine. Es necesario, ya que de uno u otro modo Daniel se ocupará de las rosas. Un miembro de la familia Donelle que no se interesara en el cultivo de las rosas sería lo nunca visto. ¿A pesar de todo irás a ver como allá los hombres injertan esos miles de pequeños rosales silvestres? La incisión al pie del tallo, la postura del escudete, la ligadura... ¡es pequeño, es delicado... tan delicado como quitar las uñas en la cutícula! Es un negocio que da poco, y tu marido que es un irresponsable, en vez de contentarse con el pan cotidiano que le dan esas rosas, se ha vuelto un buscador de oro. ¡Crear nuevas rosas resulta tan caro como mantener una cuadra de caballos de carrera! Y si todavía se contentara con lo que sabemos los que vivimos con las rosas... No, necesita los cromosomas, los genes..., ¿para llegar a qué...? ¡Posiblemente a nada de nada!

—Le debes tu comercio al abuelo. —Daniel tenía una voz no blanca, sino amarilla, una voz de bilis—. No tendrías tu pan cotidiano si antes no hubiera habido un buscador de oro; el abuelo...

Martine, impresionada, miraba a Daniel. Sabía que este asunto de la creación de nuevas rosas era algo enfermizo entre ellos, pero ignoraba que fuese un asunto tan grave. El señor Donelle, ese hombre tan agradable, de un carácter un tanto vivo, exuberante, como apurado, incluso en la palabra, abundante, precipitada, cortada por risitas, y Daniel, robusto, con su risa muy adentro, silencioso, no se parecían mucho, pero se querían. ¿Entonces, qué pasaba?

—El abuelo se recreaba con los rosales que no le costaban caros ¡Pero tus híbridos, hijo mío, son una distracción para reyes! Martine, si tienes alguna influencia sobre Daniel, tal vez consigas que se le pase ese gusto que tiene por la genética. Me arruina científicamente mis mejores rosales con sus experimentos. ¡Ah, te aseguro que hubiera preferido verlo jugar a las cartas, a la ruleta! ¡Al menos no me arruinaría la mercancía!

—Padre... —Daniel estaba rojo de cólera— padre, no sé qué mosca te ha picado. ¿Qué te dijo anoche Bernard? ¿Qué hizo? Ven, Martine, este calor puede hacerte daño.

Daniel puso su mano sobre el brazo fresco de Martine, y a la presión de sus dedos, que le dejaron manchas blancas en la piel, ella sintió su ira.

—¡Nos veremos en el almuerzo! —les gritó el señor Donelle.

Martine iba detrás de Daniel por el sendero, entre la hierba loca. La espalda atlética de Daniel, su nuca ya tostada por el sol, la redonda cabeza rapada... Qué ternura la suya por esa cabeza redonda...

—¡Vamos, no te pongas así! —le decía a esa espalda... Se la veía conciliadora y razonable.

Los perros los recibieron con un coro de ladridos mal orquestados: por supuesto, no conocían bien a Martine que solo estaba allí desde la víspera. Los patos, las gallinas no les hicieron ningún caso. En la puerta de la cocina Daniel dijo: «Voy a dar una vuelta», y Martine no insistió. Subió a su cuarto. Y ya no sabiendo que hacer, febrilmente inquieta se acostó.

Apareció a la caída de la tarde, cuando en la cocina ya había cesado todo trajín. Martine no había bajado a comer y nadie fue a buscarla. Ese debía ser el estilo de la casa: nadie se ocupa de uno. La noche estaba en calma, como una fábrica que haya parado sus máquinas y sus obreros se han marchado. Y la noche le devolvió a Daniel, que, echado de espaldas sobre las sábanas, con los brazos en cruz, fatigado y sombrío, hablaba volublemente:

—La culpa la tiene Bernard. Todo lo que ha hecho desde que éramos unos mocosos lo hizo contra mí. Y yo nunca le hice nada, no sé qué es, un odio innato. Estoy seguro de que se puso de parte de los boches porque yo estaba del otro lado. Si me dijeran que él fue el que me entregó no me asombraría.

Martine tocaba a Daniel con una mano fresca y acariciadora, el pobre, se sentía mal, el pobre, el pobre...

—¡Oye! —Daniel se incorporó para darle más importancia a lo que iba a decir—. El año pasado, por esta fecha, tiró por la ventana todos los recipientes con los estambres que yo había recogido. Los había puesto en la gaveta de la mesa, a la sombra y al calor... De vuelta veo que la gaveta está entreabierta y al instante se me asalta un presentimiento: ¡estaba vacía! No sabía dónde buscarlos, era cosa de locura, corrí a la ventana: ¡allá abajo estaban, hechos trizas! Lo mismo que hoy me eché a caminar por la carretera... Lo hubiera matado... ¡Porque sabía, estaba seguro de que era Bernard! Volví a empezar por el polen, todavía era comienzo de estación... Preparo mis rosas hembras en los rosales, les pongo el cucurucho de papel para protegerlas de los pólenes extraños a fin de casarlas con quien yo quiera. Y qué me encuentro el día en que llego con el polen y mi pincel para ponerlos sobre los pistilos... Era un día ideal, cálido, soleado, sin viento... ¡Oye, Martine! ¡Ya no había cucuruchos sobre mis rosas hembras! Todo se había perdido y ya no había tiempo para volver a empezar, el fruto no dispondría de tiempo suficiente para madurar. Había perdido un año, un año entero. ¡Y todo por culpa de ese monstruo!

De un solo impulso Daniel se echó boca abajo. Martine sibiló entre dientes: «¡La muy puerca!», como lo hubiera dicho Marie, su madre.

—No tenía pruebas de que hubiera sido él. De habérselo dicho a alguien, no me creería. En la escuela me entregué el trabajo de laboratorio. Durante todo este año me he ocupado de las células de pétalos de rosas que encierran las esencias perfumadas. De esto ya te hablé, pero no parecías interesarte. En fin, para ir al grano, busco un híbrido que tenga el perfume de la rosa antigua y la forma y el color de una rosa moderna. Quiero hacer una hibridación científica, hecha con ese fin preciso. ¡No tengo la intención de casar las variedades a la buena de Dios!, por eso he tratado de estudiar la ascendencia y la descendencia de algunas de las variedades que aquí se cultivan. Me niego a ser un brujo. ¡Mierda, mierda y otra vez mierda!

Una y otra vez Daniel daba trompadas sobre el colchón. De nuevo estaba fuera de sí. Su cólera se había apoderado por entero de Martine. La luna, fría, curiosa, con la cabeza un tanto inclinada, los miraba por la ventana.

—Comprenderás —dijo Daniel ahora calmado— que para proceder correctamente tendría que ensayar cientos de combinaciones diversas de fecundación artificial de una especie por otra especie. Y eso sobre millares de plantas. No producto del azar, sino de combinaciones basadas sobre consideraciones científicas de genética.

Le parecía que Martine, esa noche, lo escuchaba con interés. ¿Acabaría por coger el gusto a lo que constituía su pasión por las rosas? Tal cosa sería maravillosa.

—Si se quiere un resultado hay que procurar que las rosas hagan casamientos inteligentes —decía—. Abuelo era un gran cultivador de rosas, incluso formó un catálogo muy serio, clasificando sus rosas por especies, variedades, etc, pero se basó únicamente en sus características externas. En nuestro siglo XX poseemos medios científicos para determinar el parentesco de las plantas: se hace un examen microscópico de las células, se cuenta el número de cromosomas... Las rosas que tienen el mismo número de cromosomas son emparentadas y son esas en las que hay que casar entre sí si queremos obtener un híbrido vigoroso. No voy a darte una lección de genética en este preciso momento, a ti y a la luna, pero debes saber que el número 7 es decisivo para los cromosomas de la rosa, y que, en los casamientos de rosas, la hembra domina por la forma y el macho por el color...

Se calló. Martine respiraba regularmente a su lado; seguro que se había dormido, siempre se dormía cuando él le hablaba de lo que constituía el centro de su vida, no había nada que hacer con Martine...

—¿Duermes? —le dijo quedamente.

—No... Si tenemos una niña le pondremos cromosoma.

Daniel se sentía feliz, no hacía falta gran cosa para hacerlo feliz. Qué bien lo conocía ella, cómo sabía calmarlo...

—Ahora te diré un gran secreto.

—Dímelo enseguida —Martine, excitada por la curiosidad, se despertó del todo.

—Tengo un cómplice en el lugar: el primo Pierrot. ¡No perdí el año! Él había recolectado al mismo tiempo el mismo polen que yo, igual al que Bernard tiró por la ventana. Para su fecundación había preparado rosas de la misma especie que las elegidas por mí y que Bernard me había dejado sin sus cucuruchos. Pierrot desconfiaba de Bernard. Yo lo había hecho todo a la vista y presencia de todo el mundo, mientras que él lo hizo con su pincel sin que lo vieran, y, cuando yo partí a París, recogió en octubre los frutos e hizo su semillero poniéndole falsas etiquetas, como si fueran variedades comerciales de aquí. Y cuando el semillero germinó y creció, mi Pierrot trasplantó una pequeña pero buena selección. Y entonces, óyeme bien, Martine... —Daniel se había levantado alzando solemnemente la voz:

—Entonces...

Martine, con la cabeza apoyada en el brazo doblado sobre la almohada, era toda curiosidad y expectativa.

—Sobre uno de los tiernos rosales salidos de ese semillero —dijo Daniel—, resultado de la fecundación clandestina a la que Pierrot se había entregado a comienzos de julio de 1949, ¡nació en el mes de mayo de 1950 una rosa! ¡Y qué rosa! Era como un negrito que naciera de una mujer blanca, ¡imposible ocultar el rubor! ¡Era un nuevo híbrido! Y Martine, ¡tenía un perfume! No olía a ninguno de los catorce olores a que huelen las rosas, ni a limón, ni clavel, ni mirto y ni té... ¡esta rosa tiene el perfume único, inigualable de las rosas...!

Daniel caminaba de arriba a abajo por las tablas mal unidas del cuarto...

—Cuando Bernard descubrió el pastel, le acometió un espantoso ataque de rabia. Corrió a ver a mi padre, figúrate lo que le diría... Pierrot se hizo el inocente, pero papá también es un zorro, y llevó a Pierrot hasta la tabla... por unas cuantas docenas de rosales... ¡Un asco! Pero ahora piensa que esa rosa le podrá dar dinero. Se ha convencido de que el híbrido puede resultar interesante. Y, para agosto, Pierrot lo va a injertar en un rosal silvestre y papá está de acuerdo. Ya veremos lo que dará eso de positivo en tres o cuatro años. Cuando se opera con la naturaleza no hay que precipitarse. ¿Y si mientras tanto Bernard los destruye? Tiemblo de solo pensarlo. No sé si tiemblo por los rosales, o tiemblo de odio por ese individuo siniestro.

Y era verdad, temblaba, y Martine lo mismo.

—¿Crees que sería tan puerco que los arrancara?

—¡Si lo hiciera lo mataría! —Y de pronto estalló en risa—. Me veo explicándole al tribunal que eso es una historia de cromosomas, que es un incidente de la lucha por el progreso, que Bernard es un cochino reaccionario. Pero ellos tan sólo verían a un tipo que ha matado a otro por dos docenas de rosales destruidos. Jamás pescarían que es un crimen pasional. Me cortarían el pescuezo, pero lo habría matado. Ven a la ventana, amor mío, necesito aire, me ahogo...

Martine fue junto a él, se sentaron en el poyo de la ventana abierta y juntos respiraron el perfume fresco, a frutas, que venía de los plantíos lejanos y refrescado en el gran tonel de la noche, argentado por la luna...

Daniel decía:

—Gustoso daría mi vida por la dicha de estar junto a ti, mi amor, mi belleza, mi rosa...

Qué noche aquella, qué noche...

# LO PORTENTOSO DE UN COLCHÓN
# DE MUELLES

**E**ra ridículo estar casados y vivir cada cual por su lado. Motivo de bromas para amigos y amigas. Pero, en suma, esta continua exasperación mantenía vivo el deseo que Daniel y Martine sentían uno por el otro, de estar juntos, de no separarse. Era exasperante darse citas estúpidas y vuelta a separarse. Estaban reducidos a furtivos encuentros, iban al hotel, se escribían unas líneas... Martine soñaba con su apartamento. Daniel prefería no hablar de eso, no pensar. Para qué, si tendrían que vivir en la granja... ¿Tendré que abandonar mi trabajo?, decía Martine. Te ocuparás de las rosas... Entonces Martine se callaba. Con frecuencia las cosas degeneraban en disputa. Mientras, el señor Georges, mami Donzert y Cècile pagaban los plazos de pago de su regalo de bodas: el apartamento. El apartamento se perfilaba en el futuro. En cambio las rosas no. Daniel y Martine se llamaban, se buscaban...

Por otra parte, justamente ahora, con apartamento o sin él, Daniel se veía obligado a permanecer en Versailles, en la casa de la escuela de horticultura: con la preespecialización del tercer año trabajaba como un condenado y no tenía tiempo para el ir y venir entre París y Versailles: y Martine no podía dejar caer su instituto de belleza, había que trabajar, el matrimonio no había aumentado la mesada que el señor Donelle le enviaba a su hijo.

Había otro motivo por el cual Martine tampoco quería abandonar a mami Donzert en esos momentos. De vuelta de la granja-rosaleda había caído en pleno drama: Cècile había roto con Jacques. Nadie lograba explicarse los motivos que tuvo para hacerlo. ¿Tal vez no era más que una pelea entre novios? ¿Quizás las cosas se arreglarían? «Oh, no me quiere...», decía Cècile con voz desmayada, y la misma Martine, para la que Cècile no tenía secretos no lograba sacarle otra cosa.

Estaban en su cuarto, como si Martine no se hubiera casado, una con ropón azul y la otra con rosado. Cècile echada en la cama y Martine sentada en el borde. Jamás habían tenido celos una de la otra y jamás se habían envidiado. En toda su vida Martine había tenido un solo hombre en su pensamiento, el resto de ellos estaba, en lo que le concernía, a la disposición de Cècile. Esta gustaba fácilmente, con su linda figurita rubia, fina, delgada. Varias veces se había comprometido, y siempre, en el último minuto, no llegaba a nada. Y nunca explicaba los motivos que tenía para romper, tal parecía que no existieran, sencillamente todo se deshacía y Cècile no lloraba a sus novios perdidos.

Pero esta vez estaba triste, muy triste. Tal vez se debía al matrimonio de Martine, al tiempo que volaba...

Martine trataba de comprender, buscaba, a través de su nueva experiencia, los motivos ocultos.

—¿Te han dicho que Jacques te engaña?

Cècile negó con la cabeza: no, no era eso. Y de pronto se echó a hablar, a desahogarse. Era algo complicado, ella misma siempre lo había complicado todo. En realidad no tenía ningunas ganas de separarse de su madre, de dejar la casa, ¡No faltaba más! Se sentía tan bien con todo eso... Se daba cortas y largas, se negaba a casarse sin más espera, pero al mismo tiempo no hacía el amor, porque de hacerlo con este o con aquel de sus novios se hubiera visto obligada a casarse, y eso significaba tener que dejar la casa, y Cècile no tenía ningunas ganas de dejarla. ¿Qué ganaría casándose con Jacques? Jacques vive con sus padres, que son obreros, ni siquiera tiene un cuarto para él. Hubieran tenido que dormir en el comedor, en una casa sin cuarto de baño, con los servicios sanitarios en la escalera... Sería inútil que Jacques se matara trabajando, jamás alcanzaría el dinero para vivir en un apartamento, y como Cècile se lo decía por milésima vez y le decía que tenían que esperar y que ella no se acostaría con él si de antemano no estaba segura de tener un apartamento, él se había enojado súbitamente y le había dicho que no quería volver a verla.

Martine se había puesto muy pálida:

—¿Eso quiere decir que soy yo la que ha destruido tu matrimonio? El apartamento que me regalaron hubiera podido ser tuyo. ¡Es algo horrible!

—¡No, no, no...! —gritó Cècile—, no quiero tu apartamento. Fui yo la que todo lo urdió para que te lo dieran. Si yo lo tuviera me vería obligada a casarme con Jacques. No quiero casarme con él. ¡Si me amara no me hubiera dejado porque me negué acostarme con él! ¡No me ama! ¡Virgen santa, no me ama! Como novio no estaba del todo mal, pero como marido, ¡jamás! Sobre todo, Martine, no me des tu apartamento, me obligarías a casarme.

Cècile estalló en sollozos y se aferró al cuello de Martine. Ambas lloraban, se besaban en las mejillas con los ojos arrasados en lágrimas.

—¿Qué quieres, qué es lo que realmente quieres, querida? —susurraba Martine.

—¡Ah! ¡Pero sabes de sobra como soy! ¡Para qué hacerme preguntas! Es más fácil no casarme, quedarme aquí con mamá, contigo y con el señor Georges, que casarme...

—¿Y qué? —Mami Donzert estaba en la cocina—. ¡Martine, has llorado! ¿Qué te dijo?

—Oh, nada... que ya no la quería. Eso me entristece. Mami Donzert, ¿nos hará una tacita de chocolate? Cècile descansa, yo se la llevaré.

Mami Donzert sacaba el chocolate de la despensa.

—No estaba de acuerdo en que Cècile se case con un obrero —decía afanándose—, y soy como tú, no me gusta Jacques. Pero prefiero pasar por Jacques antes que verla empezar un nuevo noviazgo. Se diría que es como un niño al que no se acaba por dar a luz. Pronto cumplirá veintitrés años, no es nada, pero el tiempo pasa... ¡Haz algo, Martine! Es la muchacha más sensata, la más dulce del mundo, ¡pero me va a volver loca!

Mami Donzert atrapó sus lentes que se empañaban y se salían de su naricita entre las mejillas. Martine había cogido unas tijeras que estaban sobre la mesa para cortarse una cutícula del pulgar. Dijo sin alzar la vista:

—Cècile está muy bien aquí. Habrá que buscarle un marido paternal que la acoja en sus brazos y un lugar refinado para recibirla. Tal vez entonces se decida.

Era lunes, día libre de la familia. Fueron juntos al cine a una hora muerta, antes de la comida, como solían hacerlo antes del encuentro con Daniel, antes de la ruptura con Jacques, cuando todavía todo estaba tranquilo:

—Dense prisa, señoras...

El señor Georges, con su calva reluciente, la ropa blanca como si la hubiera hecho blanquear en Londres, se cercioró de haber apagado todas las luces y que tenía las llaves en el bolsillo.

El cine estaba vacío, la película, cualquier cosa... No importa, la vida en alegres colores cambia las ideas. «Me he reído con ganas», dijo Cècile al volver, y todos estaban contentos de que Cècile se hubiera reído. La mesa estaba puesta: mami Donzert la ponía antes de salir, causaba buena impresión, era acogedor cuando se volvía a casa. Esa noche había pastel de carne, a Cècile le gustaba, el apetito le volvía. Solo se la vio triste cuando Daniel llamó por teléfono a Martine: a ella ya nadie la llamaba por teléfono.

Llegó la hora de acostarse. Martine no conseguía dormirse. Las confesiones de Cècile, cuando había comprendido el papel que pudiera desempeñar un apartamento... ¡Todo el andamiaje de sus sueños había estado en un tris de desplomarse en torno suyo! Si Cècile se hubiera encaprichado con Jacques... felizmente, no, no se encaprichó, Martine podía conservar su apartamento y sus sueños sin remordimientos. Pero ahora deseaba que Cècile se casara. Mami Dozert tenía razón. Cècile se quedaría para vestir santos. Cècile era una golosa de besos como de golosinas, le gustaba mordisquear y no comer, y jamás sentía hambre de un hombre como la que Martine tenía de Daniel.

Martine le pasó revista a sus sueños familiares: no acaba de decidirse por la cama... Un colchón de muelles, de acuerdo, ¿pero de qué marca? La garantía para un colchón de muelles es de quince años. No es mucho. Una cama es para toda la vida, cuando se compra una es para dormir en ella hasta que uno se muera y para morir en ella. Y Martine no tenía la intención de morir dentro de quince años. ¿Cómo, entonces, habría que arreglar el colchón pasados quince años? Otro problema era el de la tela: a ramazones, por supuesto... ¿Pero blanco sobre gris, o azul celeste y gris? Martine se atormentaba. Cuanto antes Daniel tenía que ganarse la vida. Todo lo comprarían a crédito. Irían pagando poco a poco, pero, con todo, también necesitaban dinero para vivir. Martine estaba más que decidida a no ir a enterrarse en la granja de Donelle padre. Por lo pronto no disponían de dinero para vivir en París: no antes de que Daniel pueda ganar aunque tan solo sea su sueldecito de manicura... Por lo que podía darse cuenta, el señor Donelle alojaba y daba de comer a los miembros de la familia que trabajaban en la granja, y para de contar. Era muy lindo eso de las rosas con perfume, pero Martine, finalmente, era de la misma opinión que el padre de Daniel: se podía hacer más costoso que la bolsa o las barajas. Confiaba en que la pasión de Daniel se apagase, no había que ponerlo frente a la pared, pero la decisión de Martine estaba tomada: Daniel sería «paisajista», ya que en su escuela había ahora un curso especial para la creación de parques y jardines. Tendría un estudio en París, «paisajería» las propiedades de la gente rica y ganaría mucho dinero. Entre tanto, cada vez que el asunto del apartamento se ponía sobre el tapete, Daniel se enfurruñaba y decía que no se explicaba el por qué de este apartamento en París puesto que de todos modos irían a vivir en la granja. Ella lo dejaba hablar. ¡Tonto! A Martine la conmovía la ingenuidad de Daniel; ¡creer de buena fe que pudiera hacerse un cultivador de rosas! Y pensaba en él: todas las noches dormiría en sus brazos, sobre un maravilloso colchón de muelles.

Daniel la esperaba en la «cuatro caballos», delante de la puerta del edificio:

—¿Cómo estás?

—¿Y tú?

No se besaban, se miraban, Martine sentada al lado de Daniel, Daniel sin arrancar. Apenas si cambiaban unas palabras antes de llegar a ese hotel al que acostumbraban ir.

Hacía ocho días que no se veían, no podían desprenderse uno del otro, tartamudeantes, inarticulados, sordos y ciegos para el resto del mundo.

Daniel se despertó con Martine entre sus brazos, volvía a ver los papeles pintados a ramazones como las grietas del techo, las barras de cobre de la cama... Tenía un hambre canina y una sed devoradora. Martine le decía algo. ¿Qué estaba contando? Se había decidido por un colchón... ¿Qué colchón? ¿De muelles? ¿Y qué? Oye, Martine, no entiendo nada de lo que estás diciendo... ¡Upa! ¡Vamos a comer!

Un mes de septiembre que se diría de agosto.... Estaban ahora en un café del bulevard de Saint-Michel, sus luces y un ruido de todos los demonios. Un verdadero amontonamiento de gentes. Barbas en collar, *blue jeans* que se pegaban a las nalgas y a las pantorrillas.... Por la abertura de las camisas todavía se advertía el sol cogido durante las vacaciones. De todos los jóvenes allí presentes, Martine era la más bella, un ave de plumaje liso y brillante entre las otras, con sus pantalones ajustados, sus colas de caballo y en sandalias... «Qué desaliñadas... Prefiero no imaginarme...» Asqueada, Martine apartaba la vista. Estaba vestida de blanco, inmaculada, con un collar de perlas, su pelo negro, muy corto, perfectamente peinada, la cara misma muy compuesta y lisa... Cada pelo de las cejas, muy horizontales, brillaba, las pestañas negras, cortas y duras, encuadraban rotundamente la opacidad de los ojos... El carmín dibujaba sin rebaba los contornos de su boca, muy grande, los carnosos labios.... Con un pie apoyado en el tubo de la banqueta, delante del mostrador, avanzaba una pierna y arqueaba ligeramente la cintura. ¡Qué grupa la de Martine! ¡Una diosa! Daniel iba por su tercer pernod: ¡Nunca en su vida había sentido una sed semejante!

—De muelles —decía—, de muelles... ¡No pienso hacer contigo el amor como no sea en un colchón de muelles...!

Martine casi se enojaba: ¡ese modo que tenía de tomar a la ligera algo que tanto la preocupaba! Pero qué chistoso resultaba Daniel cuando trataba de calmarla, adoptando por así un aire grave y diciendo:

—Pero te lo digo muy en serio, he estudiado el problema...

Con su pelo corto, sus hombros de estibador, era un hombre, un niño, era el Daniel por el que había esperado toda su vida y que *tenía*.

Tal vez estaba un poco borracho. Porque repentinamente, durante la comida, se puso triste. Martine le estaba contando de cabo a rabo la historia de Cècile: el miedo abominable que había sentido por lo del apartamento... por un instante había pensado que se vería obligada a cedérselo.... y también le contó la historia del amigo de la señora Denise, que era alguien en la fábrica de plásticos.

Repentinamente, Daniel se había puesto triste.

—¿Qué te pasa?

Y el ritual:

—Nada....

—¿No estás contento de estar conmigo...?

—¿Eh...? Sí, sí...

La boca se le crispó y se le puso muy grande. Los pómulos se le hundieron. Fumaba su pipa con pequeñas bocanadas seguidas unas de las otras. Su mirada extraviada se puso en Martine:

—¿Sabes lo que es tu Cécile? Una ostra...

Martine no contestó, se puso a la expectativa: ¿de modo que él se callaba para pensar en Cècile?

—Todas son iguales. Se sabe que tienen vida cuando les echamos limón. Son mudas, son nacaradas, y es raro cuando en alguna de ellas encontramos una perla. ¿Por qué no le das tu apartamento?

Martine unió sus manos:

—¿Darle el apartamento....?

—Es un apartamento semivegetal. Allí se sentirá bien. Mientras que tú... —Daniel miraba a Martine con sus ojos extraviados—tú eres del mundo animal, salvaje... ¡Desgraciadamente un animal en los materiales plásticos! ¡Si te siguiera, no me vería en la selva, sino en las grandes tiendas, departamento de muebles y utensilios, e higiene, con las esponjas de material plástico en deslumbrantes colores!

—Tanto peor... —Martine sacó su polvera—. No sigo oyéndote por ahora. No creo que sea muy halagador eso de «un animal en los materiales plásticos...» Es algo peor que un Picasso... Muévete, Daniel. Pide la cuenta y nos vamos.

Daniel tenía que estar en Versailles al día siguiente a primera hora. Sin embargo, hubiesen podido volver al hotel, no era cosa nueva, entonces Daniel se levantaba a las seis. Pero él no se lo propuso. Pidió la cuenta y llevó a Martine a su casa. «¡Hasta pronto!», le dijo, y la «cuatro caballos» desapareció a toda velocidad.

# APERTURA DE CRÉDITO

**E**l apartamento era tal y como lo había soñado Martine. Tal como en las páginas satinadas de las revistas: ventilado, claro, vivos colores, sin recovecos. Todavía casi vacío, pues tan solo había la cama con su colchón de muelles y tres banquetas de patas metálicas y los asientos en un amarillo chillón, de material plástico, que transportaban de uno a otro cuarto, una mesa de cocina de madera blanca, plegable, prestada por mami Donzert. Todavía no podían invitar a nadie. Daniel no salía de su asombro. Por supuesto, se suponía que él viviría aquí, pero todo eso era de Martine y lo único que le pertenecía ahí dentro era Martine misma. Esta había puesto todos sus ahorros en la cama y consiguió de Daniel que le pidiera a su padre el dinero para comprar las sillas: tenían que sentarse sobre algo... Daniel refunfuñó, pero le escribió y recibió el dinero sin comentarios. Este apartamento iba a ser una fuente de discordias, ¡para qué Martine se lanzaría en tal aventura! Después de esta carta, Daniel no volvió al apartamento en dos semanas; no volvió a pedirle nada. Se las arreglaría por sí misma.

Pero Daniel seguía en Versailles, no solo porque estuviera enfurruñado, sino porque los exámenes se acercaban; se decía que bien mirado, más valía no dejar invadir su reino por los exámenes de Daniel, los libros, los cuadernos, las cenizas de su pipa, sacudidas no importa en qué lugar, la cafetera, siempre en la mesa y vasos y botellas... En una palabra, ese universo de Daniel en el que ella no podía poner orden. De Daniel prefería no tener más que su persona, despojada de toda esa impedimenta que muy bien podía dejar en consigna donde se le antojara. Mientras tanto, Martine se habituada a su nueva vida independiente, sin mami Donzert, sin Cècile y sin el señor Georges. Las primeras noches, sola allí, con las paredes que olían a nuevo, la cama de estreno y los ruidos de la calle y de la casa, casi le pesó haberse lanzado en lo que ahora parecía ser una loca aventura. Pero fue cosa de unos días. Desaparecida la inquietud, tan solo quedó el delicioso sentimiento de la novedad. Y además, ahí estaba Daniel y esa dicha de estar juntos de un modo distinto que en un sórdido hotel. Ambos en su propia casa. «En tu casa...», decía Daniel y se iba corriendo.

La vida, dislocada por unos días por la mudada, había recuperado su ritmo. Martine entraba, se preparaba de comer, se acostaba, se levantaba, todos los sábados iba a comer a casa de mami Donzert, con Daniel o sin él, y día a día, al volver del trabajo, telefoneaba a Cècile desde un cafetín que estaba al lado de su casa para preguntarle por la familia. En su nuevo apartamento no había teléfono y eso hacía aún más dilatadas las ausencias de Daniel. Martine era paciente. Ya había esperado tanto por él cuando todo parecía inútil, que ahora seguiría esperando, pronto estarían juntos y para siempre. Para consolarse de las separaciones tenían a su disposición horas henchidas de una inenarrable dicha. De noche se asomaban al balcón en un sexto piso por encima de París y por debajo de un cielo para ellos dos…. Daniel empezaba a habituarse a esos pocos metros cúbicos de aire que les habían concedido, a esos dos cuartos vacíos, con agua caliente distribuida por la casa, las tres banquetas de patas metálicas y asiento amarillo, el bombillo sin pantalla, los cubiertos, las dos tazas, los dos platos comprados en el Uniprix. Qué bueno era acampar, así como en realidad se necesitan pocas cosas, ¿cómo uno se complica la vida con gestos inútiles…? Sentirán alegría de estar juntos, una alegría anhelante, apremiante, provisoria y prometedora de lo que más tarde sería la vida de ambos.

Una vez, al llegar como siempre, de sopetón, debido a la ausencia del teléfono, Daniel encontró a Martine en la cocina con un señor. Ella pareció molestarse. Era un hombre correctamente vestido. Con cintas en el ojal del saco, muy alto, un bigotito. Había que mirarlo más de cerca para notar que los puños de la camisa estaban raídos, que el saco oscuro dejaba ver el tejido y que en la cara tenía muchas arrugas. Martine, un poco más arreglada que de costumbre, con una seda color turquesa en torno al cuello que le quedaba divinamente, dijo:

—El señor es representante de una casa que vende a crédito.

—Establecimiento Portes y Cía. ¿El señor Donelle, supongo? —El señor se levantó.

El mismo. Daniel se sirvió un aperitivo en el vaso de Martine y se sentó en el radiador.

—La señora ha elegido este juego de living- room —el representante le ponía por delante un catálogo a Daniel—, la señora tiene muy buen gusto, excelente… Es nuevo, moderno, es de roble barnizado, natural. De óptima calidad. El escaparate de espejo ofrece infinitas posibilidades de colocación. Mesa plegable para poner papeles. El aparador para la vajilla es bastante grande para un servicio de mesa y la cristalería...

—Tú entiendes — dijo Martine excitada—, pondríamos el escaparate en el cuarto.

—La señora es muy práctica —asintió el representante—, el pequeño diván vale por varias sillas, y si tienen gente a dormir... en la parte de arriba tiene una repisa para los libros...

—¿Usted no vende libros a crédito? —le preguntó Daniel.

—No, señor, lo siento.

—Pienso que los venderá. Por metro, justamente los que harían falta para llenar la repisa.

El representante lo miró furtivamente.:

—¿Es usted el jefe de familia, señor? —le preguntó cortésmente.

—Estamos casados bajo el régimen de la separación de bienes, si es eso lo que quiere saber. Mi mujer tiene el derecho de firmar todo cuanto quiera. De cualquier modo, no me hago responsable de las deudas que pueda contraer.

—Pero nosotros no tenemos la menor preocupación en ese sentido, señor. La señora no necesita ninguna garantía, basta con su empleo fijo y bien remunerado, y las grandes facilidades de pago que concedemos. De modo que ella puede permitirse esta compra.

—Déjeme el catálogo, señor —le dijo Martine—, lo voy a pensar.... Todavía no sé si prefiero los juegos de comedor con la mesa de patas finas y la parte de arriba en forma de tablero de damas.

Cuando el representante se fue Martine se metió en el baño y Daniel se quedó solo saboreando el aperitivo. Ella volvió muy pronto en bata de baño y una toalla enrollada en la cabeza. Bella como un día deslumbrante. Daniel leía el periódico. Batió huevos e hizo una tortilla. Comieron en silencio.

—Preferiría —dijo Martine— que no me pongas en ridículo delante de la gente.

—No necesitas de mí para eso —le contestó Daniel.

Se levantó, dejó el cuchillo y el pedazo de pan que se llevaba a la boca. Martine oyó un portazo.

Al cabo de una semana recibió una carta de Daniel: estaba atareadísimo. Pasaron diez días y Daniel volvió, con la cara ajada, pálido, pero tan risueño que la risa parecía salírsele por los carrillos.... «¡Mi Martinot!» Y ni una palabra sobre esos malditos muebles a crédito.

# EN UNO DE ESOS EDIFICIOS NUEVOS

Los muebles no llegaron, sino en el mes de junio. Y con ellos, el servicio de mesa, la cristalería, las cacerolas... De una vez, Daniel encontró amueblado el apartamento. Lo mismo que en un dibujo animado. Todo eso Martine lo había hecho a espaldas suyas. Pero Daniel había pasado brillantemente sus exámenes: clasificado el primero de su promoción, el ministerio lo recompensaría con una medalla de plata sobredorada, disfrutaría de una beca de estudios en una explotación pública o privada. Daniel no se sentía con ánimos para destruir su propia alegría, ni la desmesurada felicidad de Martine yendo y viniendo entre sus trastos nuevos. Superó ese algo que estuvo a punto de hacerlo rugir, pasó por alto sus sentimientos y cavilaciones, la querella, la disputa, se tragó las palabras en vez de vomitarlas.

Esa noche celebraban, además del estreno de la casa, el diploma de Daniel en el nuevo estudio-comedor. Estaban Cècile, ese Pierre Genesc que era alguien en la fábrica de plásticos, Denise con su amigo, Ginette... Martine era una de esas cocineras que nunca echan a perder una mayonesa ni un *soufflé:* preparaba los platos con la misma minuciosidad con la que arreglaba las uñas de sus clientes. Cècile había traído la radio y el tocadiscos. Por cierto, se los iba a dejar a Martine. Uno no podía imaginársela sin música, Martine, que no tenía otra cosa que la radiecito de pilas, regalo de bodas de la señora Denise, necesitaba una verdadera radio. Martine resplandecía, derramaba luz sobre el estudio-comedor, sobre las cacerolas, los porta-platos y los porta-fuentes en material plástico de vivos colores, sobre los cuadros en las paredes.

—Pensaba —dijo Daniel— que preferías la tela limpia a la tela cubierta de pintura.

—Deja eso, Daniel.... no entiendes nada del manejo de una casa. —Martine se refugió en la cocina.

Daniel, estupefacto, miraba los cuadros: muchas veces se había preguntado al pasar por la avenida de la Ópera quién rayos podía comprar esas obras de arte expuestas en las tiendas de papelería al por mayor, esas cabezas de perro, esos cazadores, esa mujer cuya capa se abre durante su declaración en el estrado, ante sus jueces..., una ventolera barre la sala del juicio, los expedientes vuelan, ¡y los viejos jueces se quedan chochos ante semejante desnudez! Y nada menos que Martine era la que compraba esos cuadros.... la bella Friné que excitaba a los jueces ahí, colgado de la pared de su estudio.

A excepción de Pierre Genesc, todos los invitados habían asistido a las bodas de Martine con Daniel. ¡Ya hacía un año! Daniel, sumergido en los exámenes, no había pensado en llevar algunos de sus camaradas de la escuela. ¿Por cierto, dónde los hubieran metido? ¡Todo era tan pequeño, tanto! Sí, pero Ginette no tenía compañero.... No es broma, soy la única que está sola... Pierre solo tiene ojos para Cècile, todos los hombres tienen dueña... Se reían. «Qué curioso —se decía Daniel—, he ahí una mujer que trabaja.

Que educa a su hijo, es muchacha, madre benemérita, y, sin embargo, uno se la imagina fácilmente en una esquina de los bulevares esperando los clientes....» Daniel exageraba, Ginette era una mujercita graciosa, delicada, busto, caderas, talle fino, manos y pies rollizos, piel fina y suave, el pelo rubio ceniza, cejas y pestañas negras, ojos azul gris... tanto que era difícil saber si era una trigueña decolorada o una rubia teñida, el conjunto tan bien llevado que uno no sabía a qué atenerse. A excepción de los ojos, auténticamente azul gris. Estaba vestida de claro y parecía usar ropa interior de nailon con encajes. Denise era otra cosa. Poseía todos los indicios exteriores de la aristocracia de teatro, sobre todo esos cabellos blancos que ahora estaban rizados.

—Formidable —dijo Daniel, pensativo, cuando ya se había brindado por los jóvenes recién casados, el final de sus estudios, por el conjunto-estudio, por la pecadora del cuadro, por los talentos de cocinera de Martine—, formidable —dijo— ver de golpe a cuatro mujeres como ustedes...

Este grito salido del corazón los hizo reír a todos, como un hallazgo de autor. Las mujeres se sentían felices, era agradable escuchar tan sinceros cumplidos.

—Los hombres tampoco están mal... —El amigo de Denise se columpiaban en su silla. ¡Resultaba tan cómico!

—Falta un hombre... de verdad, ¿nadie quiere prestarme el suyo?

¡Qué insistencia la de Ginette! ¡Irresistible! No teniendo hombres, jugaba a preferir a Daniel y este jugaba a ser el insensible, ella se hacía la enamorada... Se divertían de lo lindo. Ginette, Denise y Martine se habían puesto a contar chistes del instituto de belleza, allí veían a todas las mujeres de moda, las que eran bellas y las que tenían la reputación de serlo. Sus caprichos y ridiculeces. ¡Tan solo con las mujeres que se aferraban a su juventud había como para morirse de la risa!

Martine instalaba una mesa de bridge. La señora Denise le había enseñado a jugar, y Martine tenía sentido del juego: de jugar más a menudo llegaría a ser una buena jugadora de bridge, una de primer orden. Pero esa noche no se jugaba seriamente, a cada rato se levantaban para bailar, Pierre Genesc iba a la cocina a ayudar a Cècile a preparar la naranjada y a destapar otra botella de champán, Ginette jugaba mal y quería bailar un tango con el que sea, el amigo de Denise pedía un trago... Daniel era un peso muerto, ¡ni bailaba ni jugaba!

Por último, Ginette se lo llevó al balcón.

—Si supiera lo que significa para una mujer que está sola educar a un chico.... El mío nació en el 44. Nunca más volví a ver al padre.... —decía Ginette.

—¡Vaya! ¿No se largaría el padre con nuestros graciosos vencedores? —Daniel miró a Ginette, curiosamente iluminada por la luz del interior que le hundía las órbitas de los ojos, haciendo resaltar las mejillas y la frente. Se parecía a una alemana. Del salón llegaban las risas, las exclamaciones de los jugadores de bridge, la música se mezclaba con la voz del *speaker*...

—Ahora está en la escuela, almuerza allí y duerme en la casa. Una mujer que trabaja no tiene otra solución. ¡Ah, no tengo suerte con los hombres!

—¿No será que más que un problema de suerte es un problema de elección?

¿A qué venía eso de decirle a esa muchacha cosas desagradables? Pero es que también se hacía la interesante con las dificultades de su vida. Tenía que no acostarse con un alemán o con alemanes. Para Daniel el escándalo comenzaba, por lo que esta muchacha tenía de floja. No es nada raro el caso de prostitutas con hijos, y no hay que hacer una montaña de tan poca cosa. Además, Ginette no se había enojado contra él:

—¿Piensa que se puede elegir? Cuando se es desafortunada, la primera vez, la mala suerte nos sigue persiguiendo toda la vida. Con un hijo.... El tiempo pasa, como si fuera poco, buscar un marido. Todos los hombres ya están comprometidos. Como usted.

Ahora era Ginette quien exageraba, no tenía ninguna necesidad de hacerse la enamorada en una conversación a solas, ya eso dejaba de ser un juego.

—Venga —dijo Daniel—, vamos a tomar un trago.

Martine era una excelente ama de casa: había bebidas en el aparador, y como ya era muy tarde para pensar en comer, sirvió un poco de carne fría... unas salchichitas deliciosas.... Evidentemente, faltaba el hielo, Martine había traído antes de comer, pero se había derretido. Si se quiere recibir como es debido, es imprescindible tener un refrigerador.

Ginette trató de hacer bailar a Daniel. ¡En vano! Los maridos no saben bailar, tal era la regla. ¡A continuación de Ginette, todas las mujeres lo intentaron, pero sin ningún éxito! Era inútil que Daniel se defendiera, que dijera que el matrimonio nada tenía que ver con su incapacidad para el baile, que, si era el marido de Martine, podía ser otra cosa para otras mujeres, el veredicto seguía siendo implacable: estaba casado y no sabía bailar. El amigo de Denise bailaba a la perfección, llevaba a su compañera como un auto, lo mismo a ciento cuarenta por hora que en el *slow*. Pierre

Genesc, más que bailar, sabía llevar a su compañera firme y suavemente: ¿tal vez olvidaría el baile para llegar a ser un marido?

Daniel estaba agotado. Después de tantas noches pasadas en claro. Un tanto ebrio pero feliz, se moría de sueño.

—¿Saben, señorías mías, en lo que me hacen pensar? —gritó para despertarse—, pues en el material plástico, nuevo, fresco, de colores tiernos...

Nadie se lo tomó a mal, el marido de Martine les parecía muy divertido.

Cuando la gente se marchó, Martine se puso a lavar la loza y a poner todo en orden... interminablemente... ¡era infatigable! Daniel dormía a pierna suelta cuando ella se acostó a su lado, no sin antes hacerse los retoques del caso, pese a que la luz ya se filtraba por las ventanas que no tenían ni cortinas y persianas... ¡Cuántas cosas hacían falta todavía en este apartamento! Martine trató de pensar en las cortinas, pero el sueño la venció. Las paredes blancas de los edificios nuevos se arrebolaban bajo los rayos del sol, los balcones-alcobas volvían a tener la violencia de sus colores, azules, rojos, amarillos... Los hilos del tendido eléctrico brillaban haciendo olvidar el peligro de la araña mortal que los tejiera. La ciudad en construcción no era más que júbilo, promesa.

Daniel se iba a la granja: necesitaba descansar y trabajar. Los estudios en una explotación los haría en la plantación de su padre. Martine no podía acompañarlo, pasaría sus vacaciones (por supuesto pagadas) en el instituto de belleza, así le resultaría un sueldo doble. Necesitaba dinero para pagar los plazos del juego de *living*

*room*. Era terriblemente triste tener que separarse, pero no
había otra solución.

# EL DIVINO PREDIO DE LA NATURALEZA

La granja no estaba más que a ochenta kilómetros de París. Había un trabajo tremendo pues era la época de las hibridaciones, de los injertos; no obstante Daniel se iba a París a pasar la noche con Martine. Seguían haciendo el amor a la precipitada, Daniel apurado por volver a la granja, Martine obligada de ir al instituto de belleza.

Martine había visto justo: el padre de Daniel no pensaba pagarle a su hijo. La familia era mano de obra gratuita. Daniel dejó pasar un mes, dos... Luego tuvo una conversación con su padre y le anunció que tan pronto encontrara un empleo se iba. Su único engorro era el empleo a elegir: la investigación puramente científica, la genética lo tentaba, pero le habían propuesto un empleo en la investigación aplicada, la parasitología... También podía empezar a trabajar como consejero agrícola en una comuna, en fin...

—Estoy harto de hacer de chulo —le dijo a su padre mientras caminaban entre las rosas.

Los obreros se habían marchado. La noche se anunciaba por la opacidad de la luz atenuada, sosegada. Alumbraba sin deslumbrar, y se veía lejos, lejos, descubriendo en el horizonte el campanario del pueblo.

—No hay razón —prosiguió Daniel—, para que Martine pague tus jardineros.

El señor Donelle miró a Daniel con curiosidad.

—¿Y la beca de estudios que te han dado?

—¿También pretendes que te pague por el derecho a trabajar en tu plantación?

El señor Donelle lanzó una carcajada:

—Vaya, vaya... Le diré a Dominique que le envíe a Martine una mesada y no nos ocuparemos más de ella, financieramente hablando.

Eso significaba que no habría extras, pero la suma concedida era decente.

—Ya ves que me interesa que permanezcas aquí —concluyó el señor Donelle—. Y algo más, te prevengo que tu primo Bernard está por jugarte una mala pasada. Me interesa que te quedes, Daniel, hijo mío. ¿Piensas que... un cruzamiento de... con... no aumentaría la floribondidad de...? ¿Qué dice la genética? ¿La composición cromosómica?

Puso en Daniel una mirada inocente, que este le devolvió idéntica. Prosiguieron su paseo. En esa hora crepuscular el perfume de las rosas les llegaba como una confidencia.

En su cuarto encima de la cocina, en ese cuarto en que había vivido con Martine el pasado año, Daniel abría sus libros. Trabajaba hasta tarde por las noches y se acostaba sin llegar a determinar lo que había en su cabeza. No sufría de insomnio, nunca como ahora estaba más claro lo que tenía en la mente, más ordenado que por la noche, en la cama, frente a la ventana abierta... Esa noche, con motivo de la conversación con su padre, pensaba en Martine... Pronto serían las dos de la madrugada, ya su Martine debía estar dormida. Pequeña-perdida-en-los-bosques, pequeña animosa, solita en París... Daniel prendió la luz, sacudió su pipa en el cenicero, cuidadosamente, para darle gusto a Martine, luego apagó la luz. Algo no andaba bien en Daniel, no era feliz. Estaba, como se dice, aburrido, pero esta palabra es, de hecho, impropia, mas decir que Daniel estaba enmierdado en vez de aburrido quizás no sea más descriptivo. Descontento, sintiéndose culpable, sin saber bien de qué, molesto, inquieto, Daniel decidió así de pronto, no volver a París por lo menos en un mes. Si Martine quería verlo muy bien podría venir a la granja el fin de semana. Pero ella prefería el confort a sus brazos. En la oscuridad Daniel se enojaba vejado y triste. La ausencia de un cuarto de baño en la granja decidía de su vida en común. De todos modos ella era un tanto alocada. Matarse trabajando para comprar un juego de *living room*. Era inútil que Daniel tratara de abstraerse, ese juego de *living room* lo había dejado más lleno de asombro que si hubiera visto en el apartamento de Martine uno de esos monos con el trasero pelado, ¿cómo dicen que se llaman? Miraba y remiraba el *living room* cada vez que iba a pasar una noche con Martine. Martine tenía mal gusto, no era cosa grave, pero que se apegara tan ferozmente a ese *living room* es lo que resultaba incomprensible y lo que todo lo complicaba. Quería cosas, féferes, objetos... ¡Se pensaría en una droga!, los necesitaba costase lo que costase. De nuevo Daniel se enojaba: ¡Todo eso era la idiotez misma! El misterio, la grandeza de Martine se evaporaban entre las banquetas de patas metálicas, el escaparate de posibilidades de increíble ubicación, la alfombrilla de caucho del cuarto de baño, las tazas del desayuno, el colchón de muelles... Daniel volvió a encender su pipa.

El sol salía por el lado opuesto a su ventana, pero el cielo se aclaraba progresivamente. Danie oyó con alivio unos ruiditos en la cocina... el saltarineo de la madre-de-los-perros que trasteaba en la cocina. Del lado del patio llegaban ruidos de alas y ladridos. Ya los perros debían estar echados delante de la puerta de la cocina esperando a que la madre-de-los-perros les abriera. ¡En efecto, helos ahí que se precipitan! Chirrido de la puerta del pórtico. Es Pierrot el que la abre, es el primero en bajar. Daniel se durmió en un rico tufo a café que venía de la cocina...

—¡Ey, Daniel! ¿Qué pasa? —le gritaba Pierrot desde abajo. Daniel saltó de la cama.

Por la noche se fue a París. Esta maldita «cuatro caballos» no avanzaba... Le faltaba el tiempo para reunirse con su pequeña, su adorada Martine.

En pleno invierno el refrigerador hizo su aparición en la cocina. Allí tronaba como un Monte Blanco, bello, ocupando mucho espacio, útil.

Martine, con la señora Denise, Pierre Genesc y Cècile jugaban una partida de bridge. Todos se pusieron de pie al llegar Daniel. Este tuvo la impresión de que molestaba. Había muchos refrescos. No fue sino al día siguiente cuando Daniel se preguntó de pasada con qué Martine pensaba pagar ese confort.

—¿Con qué pagas tus costosos experimentos? Tu padre es pobre —respondió Martine, insolente—, pero cuando nos encaprichamos con algo, bien que sabes arreglártelas —Y añadió con delicadeza:

—Me aumentaron el sueldo, se lo debo a Denise. ¿Tu padre no podría hacer algo parecido?

Daniel se dejó caer pesadamente sobre el colchón de muelles:

—No sé. Tal vez es rico... Tal vez consigue unir un mes con otro sin tener que pedirle dinero a nadie. Lo único que sé es que no volveré a pedirle dinero. Todo eso me horripila. No quiero complicarme la vida por tener más de lo que tengo.

Pero cuando poco tiempo después la televisión hizo su entrada en el comedor, Daniel se enfureció. Pese a las facilidades de pago y al aumento de sueldo de Martine, había, todos los meses, que correr para buscar el dinero de los plazos. Y eran plazos muy grandes. Era inútil que Daniel gritara, no podía permitir que Martine se enredara. Emprendió la traducción del inglés de una obra científica y se pasaba las noches en eso. Le pidió al señor Donelle una «prima» por su viaje al sur. Para el último plazo del refrigerador, Martine se vio obligada a mendigarle a mami Donzert, y eso no ha sido todo, ¿eh?

—¿Cómo lo sabes? —Martine se veía preocupada.

—¡Por Cècile, idiota! Me telefoneó y me dijo que para pagar tu plazo, mami Donzert tuvo que empeñar su cadena de oro, a escondidas de su marido. Me preguntó si yo podía darle el dinero antes de que el señor Georges se entere. Ahora, cuando como frío, ¡me hielo!

—¿Y por qué no vino ella a decírmelo?

—Porque esas mujeres te quieren. ¡Imagínate, no quieren que te preocupes!

—¿Entonces tú me lo dices por qué no me quieres?

Martine, echada en el pequeño diván del juego de *living room*, se había echado a llorar. Daniel hizo un esfuerzo por no ceder, pero no pudo más y la tomó en sus brazos. Martine no era una tontita, incoherente, antojadiza, una mujer de vodevil, tenía que comprender, él no podía pedirle más dinero a su padre. La rosa perfumada parecía no querer dar lo que prometía, era una decepción, y su padre, que se había vuelto más comprensivo, ahora de nuevo se pondría duro y le reprocharía sus extravagancias. Otras hibridaciones que había comenzado tal vez le recuperarían lo que él había perdido en la estimación de su padre. Por otra parte, si las cosas seguían como iban pasaría a la investigación pura, a los trabajos de genética, ¡de modo que lo dejaría en paz! Pero su amor por las rosas, la pasión del creador... como le dolía tener que dejar las plantaciones por el microscopio. A pesar de todo tal vez llegaría a crear la rosa *Martine Donelle* que les proporcionaría todo lo que Martine deseaba, porque él, solo deseaba una cosa: verla feliz. Y era incomprensible que una felicidad que depende de objetos inanimados, que simplemente se puede comprar, le fuera disputada a quien quiera que fuese. Daniel se sentía mezquino, pobre de generosidad. Y al mismo tiempo sublevado de ver la felicidad a merced de un refrigerador. ¡Qué podía hacer, qué podía hacer!

¿Qué podía contra el ideal electrodoméstico de Martine? Era una salvaje frente a las baratijas brillantes, traídas por los blancos. Ella adoraba el confort moderno como una pagana, y le habían otorgado el crédito, anillo mágico de los cuentos de hadas que se frota para que aparezca el genio a nuestro servicio. Sí, pero el genio que debía haber servido a Martine la había sometido. Maligno crédito, sortilegio de las facilidades que colma los deseos, crédito todopoderoso, vivir al día mágicamente, providencia y esclavitud.

Daniel se sentía vencido, estúpidamente vencido por los objetos. Su Martine-perdida-en-los-bosques codiciaba un juego de

# DIFICULTADES DE LAS FACILIDADES

D aniel seguía viviendo en la granja e iba con frecuencia al sur donde un Donelle estaba construyendo nuevos invernáculos por cuenta del señor Donelle padre. Los días y las noches que Daniel y Martine pasaban juntos podían contarse con los dedos de una mano, lo mismo que los días de sol de un verano lluvioso. De cuando en cuando le preguntaba a Martine si no dejaría de trabajar en el instituto de belleza. Ella no quería. Estaban por delante los plazos... Entonces Daniel se callaba para no caer una vez más en ese dilema tan simple, y que por no poder resolverlo lo ponía un estado de inútil nerviosismo.

Los establecimientos Portes y Cía vendían de todo y habiendo sido pagados puntualmente los primeros pedidos, le concedieron nuevos créditos a Martine, que sobrepasaban la garantía que constituía su sueldo: pensaban que la señora Donelle tenía otros recursos además de su sueldo, de todos modos era la mujer de un hijo de Donelle, de los famosos establecimientos hortícolas.

Martine le había pedido un préstamo de dinero a Denise. La adquisición de ciertos objetos exigía un primer adelanto de consideración y solo entonces venían las facilidades mensuales. Denise era comprensiva. Sencillamente retenía una cierta cantidad sobre el sueldo de Martine, como si ella fuese los propios establecimientos Portes y Cía. Y Martine hubiera podido cumplir sus compromisos, pero se antojó de unas cortinas amarillas para los exteriores de sus cinco ventanas. Las cortinas son caras, sobre todo cuando son festonadas.

A su vuelta del sur, Daniel, para gran alivio de Martine, no se había fijado en las cortinas. Pero el investigador de los establecimientos Portes y Cía. tuvo que dar con él. Quizás sí hubo premeditación por parte de ese joven que se lleva bien con la portera: una tarjeta de Daniel había anunciado su llegada para este martes a eso de las cinco de la tarde, le llevaba una torta a Martine y la esperaría. A las cinco el investigador ya estaba allí.

Era un joven atildado al que puso de buen humor el dinero sacado por Daniel:

—Las señoras —dijo— siempre quieren salir por sí mismas del paso, pero acaban por darse cuenta de que un hombre, un marido, es una ayuda.

—Quizás, aunque no como usted lo piensa, señor...

—¡Oh, pues si es así, mejor que mejor...!

No despreció el trago que Daniel le ofrecía.

—¿Dígame —le preguntó Daniel—, acostumbran a proceder legalmente contra los que no pagan?

—Con frecuencia, no... Solo en contados casos.

—¿Cómo proceden? ¿Recuperan la mercancía?

—Muy pocas veces. La mayor parte de las cosas se deterioran, los muebles, la ropa... en caso de falta de pago se va al juez de paz. En provincias el procedimiento es diferente, pero de cualquier modo, antes de conceder el crédito, hacemos nuestras investigaciones, en primer lugar nos entrevistamos con el dueño, con la portera, con los comerciantes del barrio. Si una persona es honorablemente conocida, y si por ejemplo, gana, digamos, sesenta mil francos al mes, podemos venderle sin riesgo hasta ciento veinte mil francos de mercancía, con un adelanto razonable y una mensualidad de seis a ocho mil francos. No es una enormidad. La posibilidad de trampear es mínima. Si ya el cliente tiene otros pagos a efectuar por una mercancía comprada a crédito en otra casa de comercio y ello les supone pagar plazos muy gravosos, el dueño está forzosamente al corriente de la situación. No somos los únicos en hacer nuestras averiguaciones, y el patrón nos avisa si el cliente tiene otros acreedores.

—Con todo, deben tener sus quebrantos. Si los compradores no arriesgan gran cosa cuando no pagan... y hay tanta gente deshonesta.

—En eso se equivoca, señor, no hay tanta como usted imagina. La gente, en conjunto, es honrada. ¡Y si nosotros podemos existir es porque la gente lo es!

El joven se mostraba a la vez serio y contento. Los investigadores de los establecimientos Portes y Cía eran más corteses que sus representantes. En todo caso el que había venido hace unos dos años tenía algo de trágico.

—Los investigadores del establecimiento comercial en que usted trabaja no se parecen en nada a sus representantes —observó Daniel—. El primero que vino a tomar el pedido...

—Oh, el pobre viejo... Debe saber que entre nosotros, los representantes y los investigadores son una y la misma cosa. Pero el que vino aquí es un ex comerciante que hizo malos negocios. Hay bastantes en nuestro giro. El fracaso los marca, son gente resignada y amargada. Nosotros los jóvenes cuando trabajamos con una buena clientela salimos bien del paso. El que ha comprado una vez a crédito, vuelve por la picada; es tan agradable adquirir sin dificultades, permitirse compras, lo que sin el crédito...

—Pero —insistió Daniel—, de cualquier modo hay gente que sin ser deshonesta cree poder pagar y luego no puede.

—Por supuesto, tal cosa ocurre. Vea, el otro día la casa recibió una carta de un cliente que había comprado unas alfombras. Durante varios meses pagó sus plazos en el tiempo fijado. Pues bien, en su carta decía que acababa de asesinar a su amante y que estando preso no podía por el momento liquidar sus plazos.

—¡Por el momento...!

—Así como suena. Le agradezco, señor, sus atenciones. Hasta pronto.

El hombre se marchó.

¿Entonces, la gente es honesta? Los establecimientos Portes y Cía podían dormir tranquilos y ganar dinero porque la gente era honesta. Daniel estaba encantado, no esperaba recibir una dosis de optimismo del investigador encargado de presionar a Martine. Martine era honesta. Incluso si Daniel no se hubiera encontrado allí se las hubiera arreglado para pagar sus deudas honestamente. Hasta más ver Daniel ya no disponía de un centavo, pues eran veinte mil francos los que quería el investigador cobrador para cubrir dos plazos, los veinte mil francos que Daniel tenía en su cartera, amén de unas pocas monedas en el bolsillo de su pantalón.

Martine se demoraba. La torta de piña que Daniel, por culpa de este investigador aciago, no había tenido tiempo de poner en un plato, dejaba correr sobre la mesa un almíbar espeso sobre el tapete a cuadros, ese hule encerado, lustroso... Daniel trató de limpiarlo, hizo otros estropicios, tiró el paño pegajoso en la mesa de la cocina y se echó en el pequeño diván. Era tarde. ¿Por qué Martine no volvía? Hacía más de un mes que no se veían. ¿Se habría perdido su tarjeta postal? Oh, eso jamás ocurre. Qué vida idiota, pensaba Daniel, casarse y nunca estar juntos. No había sabido hacer entrar a Martine en su vida, y él no podía tampoco compartir la suya. A menos que no se hiciera peluquero. ¡Qué bello hubiera sido! Como el señor Georges y mami Donzert. Daniel se sentía incapaz de no lamentar no ser peluquero. Se dice que dos años y medio es el momento crucial de una vida conyugal, el escollo peligroso. Si se lo salva puede decirse que todo peligro ha sido evitado por largo tiempo. Hacía dos años y medio que se habían casado. ¿Irían más allá de ese tiempo? En verdad no tenían gran cosa que decirse. Le habían cambiado a su pequeña- perdida-en-los-bosques. Ni siquiera una conversación de salón. Ya Martine no iba al cine ni al teatro, decía que estaba muy cansada por la noche, que prefería la televisión, una buena comida y jugar al bridge. No había un solo libro en todo el apartamento, ni un periódico. Tan solo la radio y la televisión. La misma Martine era un mueble estándar, llegaría el día en que se comprarían mujeres como ella en las grandes tiendas. Entonces, qué, ¿separarse...? ¡Horrible! ¡Separarse de Martinot! No verla aparecer más... con su adorable cabecita, la barbilla prominente, su gentil cintura, sus pechos... Su manera de sonreír para recibirlo, esa radiante felicidad... Ella era toda la intimidad de él, el único ser para quien él era el destino, un doble destino, el de ellos... Era la tercera dimensión de su vida para ambos. ¿Por qué Martine se ingeniaba en desbaratar la existencia de los dos? Daniel estaba extenuado por esas pequeñas compras así como por la insignificancia de las mismas. Si al menos deseara poseer un collar de diamantes, o un palacio singular e histórico... No, deseaba ardientemente un comedor confortable y ese cuadro un tanto escabroso en el que se ve una mujer desnuda ante unos jueces viejos. Daniel, echado en el diván, sentía una inmensa lástima por Martine, no se podía olvidar de dónde salía, la cabaña, Marie... Las pequeñas ventajas mezquinas se las echaba naturalmente. Pero ahí estaba él, ella lo hubiera podido seguir, hubiera podido salvar esa fase de su vida. Todo lo que había aprendido era como ser una pequeñoburguesa. Daniel seguía esperando, Martín seguía ausente... Daniel tenía hambre... Estaba en la cocina buscando algo en el refrigerador cuando oyó que Martine abría la puerta.

—Oh, déjame contarte —decía con esa voz adorable que le traspasaba el corazón—, he cogido un trabajo suplementario, fuera del instituto... Espera, querido, he traído una empanada como las que hace mami Donzert y una botella de vino. ¿Qué cosa es esto?

Daniel la ayudaba con los paquetes. Se veía agotada, con su cesta de provisiones tan pesada, sin embargo su carita resplandecía.

—He hecho averías —confesó.

—Por hoy no tiene importancia. Vamos a comer en el comedor. Déjame explicarte. ¿Vino alguien?

Los vasos y las botellas de aperitivo habían provocado esta pregunta.

—Sí, el cobrador-investigador de Portes y Cía. Se llevó veinte mil francos.

—Voy a devolvértelos...

—No hablo de eso...

Martine ponía la mesa con gestos rápidos, certeros, eficaces, tan solo una furtiva mirada a la fea mancha hecha por el almíbar de piña... No cesaba de sonreír.

—¿Cómo es que ahora trabajas hasta tan tarde?

—Tengo clientes a domicilio... Se paga muy bien.

—Ven, déjame besarte...

—Espera, Daniel... quiero que nos sentemos enseguida a la mesa.

En vez de besarse... *Primero* iban a comer. Vaya por la comida. Martine ponía porta-platos, vasos de tres tamaños y salva manteles para cuchillos. Dos cuchillos, dos tenedores, cucharillas, montones de platos, grandes, pequeños, hondos...

—Qué ir y venir... —dijo Daniel desolado, viéndola de aquí para allá.

—Es para no tener que levantarme después. De una vez lo pondré todo en la mesa.

Pero había que calentar la empanada, poner en el refrigerador la botella... No se habían visto desde hacía un mes.

—¿Así que ahora trabajas después de las horas en el instituto?

—Imagínate, era muy tentador ganar buen dinero.

—¡En ese caso deja el instituto!

—Oh, no, me gusta estar allí... sabes, el ambiente...

Martine comía la empanada, que en efecto, era excelente. Daniel estallaba de todo cuanto tenía ganas de contarle, pero ella ni siquiera le hacía la sencilla pregunta: ¿cómo estás?, preocupada: ¿algo se había quedado sin poner en la mesa? ¿Todo estaba bien?

Un maligno deseo de callarse se insinuaba en Daniel, ya que nada de su vida le interesaba a su mujer. Martine se levantaba, se sentaba, probaba, añadía sal, azúcar, servía de beber.

—Me parece —dijo mientras cortaba el pollo—,que esta vez Cècile sí se casa, con Pierre Genesc. Ahora parece que va en serio. También la señorita Benolt se casa con Adolphe...

Daniel no tenía la menor idea de quiénes eran la señorita Benolt y Adolphe, pero a propósito no hizo ninguna pregunta. Además, le importaba un bledo.

—La pequeña del criadero de faisanes a la que desde hace tres años le hago las uñas al fin se casó con su Frédéric. Lo que nos ha importunado con su Frédéric. Fue una linda boda en Saint Philippe du Roule, asistimos todos. El instituto se quedó vacío. Qué diablos, cuando a alguien se le han hecho las uñas durante tres años es comprensible que el instituto se quedara sin un alma. Pues bien, eso fue un motivo de discusión con la señora Denise, a causa del embotellamiento en los puntos de reunión. ¿Te has fijado en los salva manteles para cuchillos? ¿No es cierto que son bonitos?

No esperaba que le contestara nada pues estaba muy ocupada pelando una pera para Daniel. No sabía que este estaba desesperado.

—¡Es buena la torta, buenísima! Te voy a hacer café... tomas mucho café, pero como de todos modos lo tomarás prefiero hacértelo fuerte.

Se levantó, pero antes de entrar de nuevo a la cocina se acercó a Daniel, se echó a sus pies y apoyó la frente contra sus rodillas:

—Soy tu perrita —dijo desde abajo—. Te quiero.

Daniel le acariciaba la cabeza morena, el cuello doblado, su espalda, esa maravilla... Nada tenía que decir, nada. Era así.

Martine se incorporó, le sonrió y se fue a la cocina.

—Cada vez juego mejor al bridge —dijo al volver.

De nuevo Daniel había sacado su periódico de la noche que ya había leído y que traía los comentarios sobre la muerte de Stalin.

—¿Te enteraste, Martine? Stalin murió.

—Sí, de eso se habló en el salón de belleza. ¿Qué va a pasar? Te decía que me he vuelto una jugadora de bridge de primera. La señora Denise me llevó a casa de unos amigos y ahora resulta que todo el tiempo le preguntan cuándo voy a volver. ¡Si vieras el apartamento que tienen...! En los Campos Elíseos... ¡Un trueno! Cuadros modernos, parece que todo eso vale una fortuna, no entiendo nada...

Martine contó en detalle su velada en los Campos Elíseos. Luego se puso a quitar la mesa, a lavar la loza, a ordenarlo todo. Daniel había abierto la puerta del balcón, a pesar del frío que hacía. Las casas alineadas como los cubitos de hielo de un inmenso refrigerador, blancas, frías... Con las luces de las ventanas, ficticias, falsas bocas de una falsa chimenea. El cielo bajo envolvía los grandes edificios con su sucia gasa, con los viejos vendajes de sus nubes. Ese cielo dejaba caer su chin chin y las gotitas tejían un tejido húmedo que se pegaba a todo lo que se le ponía por delante. Luego el paisaje dio un grito, un largo grito que les salía de sus entrañas de hierro. ¿Qué podía ser? ¿Una locomotora? ¿Una sirena de incendio? ¿De dónde podría entonces haber salido ese grito...? Daniel sintió frío y cerró la puerta.

—Basta, Martine... —dijo con tanta brusquedad que ella dejó de frotar la mesa y lo miró—. Basta ya con eso, vamos a dormir. He pasado la noche en el tren.

Martine dejó el paño de cocina y le sonrió con sus dulces labios abultados.

— Ven —dijo—. Es una locura perder así el tiempo. Debimos habernos acostado acabados de comer.

Daniel se quedó en París unos días. No logró sacar de paseo a Martine ni una sola vez. Es cierto que ya estaba agotada y se levantaba muy temprano, cuando todavía Daniel seguía durmiendo. Y además, con todos esos plazos a pagar y lo que iba Martine comprando disponían de muy poco dinero. Daniel se ocupaba de sus propios asuntos. Gente que ver, colegas, proveedores... Las rosas, como esposas exigentes, tenían constantemente necesidad de algo que Daniel debía buscar en París. Abono, rafia, insecticidas. Se veía con amigos que no eran los de Martine, la que se aburría de oír hablar de problemas profesionales y científicos a la vez. El único con el que hubiera podido entenderse era Jean, el amigo de la resistencia, el que antaño les prestara el cuarto. Esa amistad era una de las buenas cosas reconfortantes que Daniel y Jean poseían en la vida. A Jean le gustaban las mujeres y respetaba el amor: era el eje de su vida. Martine era bella y Daniel la amaba, no le faltaba más para rodearla de un halo de romance. Con él, Daniel podía hablar de Martine.

Fue durante esos días que Daniel pasó en París cuando se produjo el incidente. Hay quienes se encuentran cartas de amor que les revelan la infidelidad de los que aman y tal vez caigan en la desesperación; en lo que a Daniel se refiere encontró en la ropa interior de Martine una hoja con el membrete de un peletero y en el lado derecho de la hoja lo que sigue: *Certificación por declaración de compra a crédito...* Y además: *La abajo firmante... Dirección... Profesión... Patrón. Monto del salario neto. Luego en pequeños caracteres: Como garantía el comprador cede a la casa Armiño el interés cesible de todos los sueldos emolumentos y todas las sumas que puedan tocarle a cualesquiera títulos que sea, que todo patrón o sociedad podrá retener sobre simple significación del presente compromiso... Etc.* La hoja estaba llena en todos los espacios con la firma de puño y letra de Martine, con las sumas a pagar cada mes. *Anticipo:* 100 000 francos. *Saldo:* 250 000 francos. Y, abajo, la firma de Martine.

Daniel se olvidó del pañuelo que tan tontamente había ido a buscar en la gaveta de su mujer, como si con el orden que ella tenía en la casa, pudiera darse el caso de que un pañuelo de Daniel se encontrara entre su ropa interior. Se metió la mano en un bolsillo, sacó la pipa, la encendió maquinalmente, salió al balcón sin siquiera sentir frío. Daniel tenía un miedo extremado a todo cuanto tuviera que ver con leyes, reglamentos, papel timbrado, oficial, le daban miedo los recaudadores, los aduaneros, y hasta los cheques, las cédulas de identidad y las de elector... Le temía a toda la maquinaria administrativa, a todo cuanto tuviera que ver con las obligaciones hacia el estado, a la prefectura, a la alcaldía, a los bancos. Ese papel, ese compromiso adquirido por Martine, ¡lo espantó! ¡Pero qué significa esta calamidad, Dios mío, diríase que es como una droga! ¡Martine trabajaba como un animal por un abrigo de pieles! Todo un mundo de desvelos, de noches pasadas en claro para pagar cosas, objetos... La rabia ponía rígido a Daniel, lo hacía apretar los dientes sobre la pipa hasta partirla en dos. Como si no fuera bastante humillación frente a su suegro, como si no le bastaran las precarias relaciones con mami Donzert, amén de la imposibilidad de ir a ver una película, de sacar el auto del garaje, ¡ahora Martine se echaba encima una nueva deuda! ¿Hasta dónde pretendía llegar? ¿Así que nunca estarían tranquilos? Y cuando se tenía que vivir con largueza...

Cuando Martine volvió, como siempre, muerta de cansancio, descubrió por primera vez que el buen vigor de los brazos de Daniel, su buena cabeza, su voz podían transformarse, digamos como se transforma el inocente gas doméstico del reverbero que un buen día hace saltar la casa en pedazos. Sin embargo, desde hace muchísimo tiempo debió haberse dado cuenta de que sus relaciones con Daniel tenían un gustillo, debió sentir el olor del gas que lentamente invadía el pequeño apartamento, el escape que un buen día estalla... El papel encontrado era la chispa que provocaba esa explosión. «¡Qué deshonra para esta casa!», vociferaba Daniel, pero cuando se puso a hablar en voz baja a Martine le pareció mucho más temible.

—¿Así que pretendes que soltemos el pellejo por comodidades, por el confort? ¿Quieres que nos convirtamos en esclavos de las cosas, de la pacotilla?

Y de un tirón sacó de la pared el cuadro con la pecadora desnuda bajo su manto ante los viejos jueces. Se lo llevó a la cocina para poderlo patear mejor sobre el embaldosado:

—¡Con que a plazos! —decía calmadamente, caminando sobre los pedazos de vidrio—, con facilidades de pago...

No le dio tiempo a reaccionar y se largó.

Como antaño Martine podía recomenzar a esperarlo. Era muy capaz de no volver nunca más. No lloraba. Miraba en torno suyo, las paredes, las cosas que tanto amaba, que la hacían tan feliz, pese a las dificultades, al trabajo... Daniel las despreciaba y la despreciaba. No la había arrastrado por el pelo, pero en sus ojos había habido crimen, y del modo con que aplastaba con el tacón de su zapato el cristal del cuadro, ella se imaginaba como Daniel hubiera podido pisotear otra cosa. Tal vez su amor.

# AL ENCUENTRO DE VUESTROS DESEOS

Fue el día más terrible de su vida. Hasta ese día sentíase a veces desesperada por no tener lo que necesitaba; ese día había perdido lo que había poseído: la felicidad. Porque, pese a todo, había sido feliz. Es cierto que trabajaba como un animal, en el instituto y con clientes particulares, para cubrir los plazos. Y vivía en la inquietud: ¡Si en el instituto llegaba a saberse eso, si allí se enteraban de que sustraía clientes para hacerse de una clientela particular...! Pero tampoco podía permitir que le embargaran el sueldo. Capeaba el temporal como podía. Pese a todo se sentía feliz, cansada, inquieta y feliz. Todo lo soportaba animosamente, incluso no ver a los suyos que vivían en la Puerta de Òrleans, a tal extremo se sentía culpable de haber obligado a mami Donzert a llevar al prestamista su cadena de oro. Mami Donzert, que ignoraba que Martine lo sabía, no se explicaba esas ausencias, se entristecía de no verla y lloraba a menudo, lo cual el señor Georges que estaba perfectamente al corriente no se lo perdonaba a Martine. Aunque bien es cierto que mami Donzert estaba aún más preocupada por Cècile que por Martine: ¿se casaría o no se casaría con el señor Genesc?

Pero dio la casualidad de que el señor Georges decidiera visitar a Martine precisamente el día en que Daniel se había ido de la casa.

—Pasaba... —dijo el señor Georges, sin preocuparse de lo inverosímil de su expresión—. ¡Chiquita, no tienes buena cara! ¿Estás enferma?

—Cansada... Me voy a pintar los labios y ya no parecerá que estoy enferma. ¿Todo va bien por la casa?

—Disfrutamos de buena salud. No voy a demorar ni andarme con rodeos... se trata de ti, Martine.

Martine se pintaba los labios en el espejo que estaba puesto encima del aparador. Su peinado era correcto.

—Lo oigo, señor Georges... ¿No quiere tomar algo? ¿Un café?

—Martine, no quiero nada. He venido a hablarte.

Ahora estaban el uno frente al otro, sentados en sillas duras e incómodas.

—Hace tiempo, hijita, te dije que habías tenido suerte en la vida, que ya te habías ganado dos primeras partidas. La primera cuando mami Donzert te recogió, la segunda cuando mami Donzert te trajo a París. Estás malogrando la tercera: tu matrimonio, tu futuro...

—¿Cómo? —dijo Martine. La molestia que le causaba esta visita inopinada, y eso después del alejamiento de Daniel y el terrible desplome moral en que se había sumido, todo esto la debilitaba, le hubiera costado hacer un gran esfuerzo para cerrar el puño, para que no se le bajaran los párpados.

—Te voy a contar un cuento... Había una vez un pescador que vivía con su mujer a la orilla del mar. Eran muy pobres y desdichados, un poco como los tuyos en la cabaña de la aldea. Un día el pescador atrapó en sus redes un pececillo de oro que le dijo con voz humana: «Pescador, dame la libertad y yo te recompensaré». «¿Y cómo me recompensarás?» «Tres veces te daré todo cuanto desees». El pescador sacó de las redes al pececillo de oro y lo vio desaparecer entre las ondas.

Martine, apoyada contra el duro respaldar de la silla, con las manos sobre las rodillas escuchaba al señor Georges. Tendría que ir hasta el final y sacar la moraleja del cuento. El señor Georges era el mejor de los hombres, pero tenía sus caprichos... Esa noche Martine los soportaba mal. El señor Georges contaba su cuento del pececito de oro mientras ella sentía que se iba...

El pescador volvió a su casa y le contó el cuento a su mujer que estaba hirviendo su ropa en una vieja lavadora herrumbrosa. «¡Cuentos de camino! —le gritó—. ¡Imbécil! ¡Te has creído esas monsergas y ahora ni siquiera tenemos para comer esta noche!" «Probemos —le dijo el pescador—. Pide algo en voz alta e inteligible». La mujer del pescador se encogió de hombros, pero gritó para burlarse de su marido: «¡Quiero que mi vieja lavadora se vuelva nueva y los harapos que estoy hirviendo en una linda ropa!» No bien hubo acabado de pronunciar esas palabras cuando se oyó un gran ruido y una lavadora mar azul llena hasta los topes de una ropa magnífica apareció en lugar de la vieja lavadora herrumbrosa. La mujer del pescador se sintió muy feliz durante veinticuatro horas. Luego se puso a pelearle su marido: «¿Por qué me dejaste pedir tan poca cosa?» «Bueno —dijo el pescador—, pide un segundo deseo, tienes todo el derecho. Pero me imagino que esos deseos son como una apuesta a discreción: ¡cuando se ha ganado hay que saber ser discreto!» «¡Oh tú, dijo la mujer del pescador... esta vez lo he pensado bien y deseo tener una buena casa en vez de esta vieja choza, toda amueblada, con todo el confort, automóviles y joyas!» Y esta vez, como las anteriores, se produjo un gran ruido, las tablas de la choza crujieron y desaparecieron finalmente. El pescador y su mujer, magníficamente vestidos, se encontraban en un palacio, adornado con oros, alfombras, con todo el confort moderno, incineradores para la basura y ascensores en todos los rincones, y delante de la puerta el mayor de los autos norteamericanos. A cada paso, sirvientes bien adiestrados los saludaban y les servían lo que querían, tanto de comer como de beber. El pescador y su mujer pasaron una noche maravillosa en un lecho de plumas. La segunda noche la mujer se durmió sobre lo tarde, y la tercera tanto se revolvió en la cama que el pescador le preguntó: «¿Qué te sucede, mujer?» «Viejo imbécil» —le dijo—, ¿por qué me dejaste desear tan poca cosa?»

«Ya estamos en el tercer deseo —pensaba Martine, ya estamos acabando—. Virgen Santa, no puedo más, no puedo más...»

—¿Te parece poca cosa? —le contestó el marido—. ¿Qué te falta pues? Si te olvidaste de alguna fruslería que te guste, pídela, estoy de acuerdo, pero piensa que después no habrá nada más. Ya no tendrás nada a qué echar mano cuando sobrevenga una enfermedad, una desgracia... Además te expones a pasar por indiscreta y desvergonzada. «He reflexionado en todo eso —dijo la mujer—, y es por lo que deseo que el pececillo venga a servirnos en persona». ¡Apenas había pronunciado estas palabras cuando se produjo un gran ruido, seguido de relámpagos y truenos, en torno a ellos y el cielo se oscureció! El mundo se sumió en un estado de catástrofe, los muros del palacio se desplomaron, se hubiera dicho que el cielo se desplomaba sobre la cabeza de los humanos... La bomba atómica no lo hubiera hecho mejor. Cuando el pescador y su mujer lograron ponerse de pie, una vez que los elementos se habían calmado, hecho de nuevo el silencio, volvieron a encontrarse dentro de su choza de madera y con la vieja lavadora herrumbrosa llena de harapos...

El señor Georges se pasó una bien cuidada mano por la calva y se paró:

—Y con esto, hijita, te digo buenas noches. Un investigador vino a vernos. Parece que has comprado una cocina eléctrica y que los plazos vuelven no pagados. Ha sido la señora Denise la que tuvo la idea de dar nuestra dirección. ¿No está por casualidad Daniel en París?

—No, no está. Por casualidad...

—Entonces te doy las buenas noches —repitió el señor Georges, cogiendo sus guantes y su sombrero en el pequeño vestíbulo. Martine cerró la puerta.

Días y noches... Horas, minutos, segundos. En primavera Daniel solo escribió una vez. Y para eso una carta de tal vileza... Por adelantado le decía que pasaría sus vacaciones en la granja. Su padre lo necesitaba. Martine podría pagarse vacaciones a plazos. Eso se usaba ahora. También le aconsejaba otra forma moderna de tranquilidad, que otorgaba el crédito para la satisfacción de los deseos: esa forma era el seguro. Uno podía asegurarse contra todo cuanto se quisiese: la lluvia, las mordeduras de serpientes, la pérdida de la belleza, de la juventud. Contra el amor desdichado.

En la Puerta de Òrleans todos se ocupaban febrilmente de los preparativos de bodas de Cècile-la-nacarada con Pierre Genesc de los materiales plásticos. Esta vez iba de veras, seguro que se iban a casar. ¡Cuánta razón había tenido Cècile cuando persistió en su prudencia y envió a paseo a su Jacques y a los otros novios! Novios imprecisos, no hechos para Cècile. Él, Pierre Genesc, estaba hecho para ella, a su medida. Incluso se parecían un poco, desde ahora, cuando por lo general ello no ocurre sino al cabo de largos años a parejas muy unidas. Pierre tenía fresca la tez, los ojos azules, un tanto saltones y dulcísimos, el pelo castaño claro que llevaba muy largo en la nuca, y sin ser gordo, llenaba bien su ropa de buen constructor. Treinta y ocho años, una situación acomodada en una razón social de materiales plásticos: acababa de ser nombrado director de la sucursal parisina y tenía acciones. Un porvenir asegurado como el de los materiales plásticos.

Cècile era feliz. Llevaba su anillo de compromiso con un placer que no amenguaba. Pierre le mandaba a su novia flores, chocolates, casi todas las noches iba a buscarla para llevarla al teatro o a comer en un buen restaurante. Había conservado los buenos hábitos del solterón que corteja a una mujer para acostarse con ella. Por cierto que se hubiera quedado solterón de no haber encontrado a Cècile, ya tenía manías de tal. ¡Con ella todo debía cambiar! El viejo apartamento de sus padres en la calle Richelieu, de sus padres fallecidos hacía mucho, iba a conocer una nueva juventud. Pierre se había sentido satisfecho de no haberlo tocado antes, su joven mujer lo arreglaría a su gusto. Ya tenía todas las atenciones de un marido para una mujer mucho más joven que él, y es cierto que Cècile, con su fragilidad, su transparencia, parecía una niña al lado de Pierre, y eso que no había más que catorce años de diferencia.

A veces los novios se quedaban toda la velada con el señor Georges y con mami Donzert, y comían, sin ceremonias, en la cocina. Ya a Pierre le decían Pierre y se sentía tan feliz en la familia, él, que tanto tiempo estuvo solo. A Martine le decían constantemente que no dejara de ir a verlos, ellos seguían siendo los mismos, nada había cambiado, ya nadie pensaba en la historia de la cadena de oro, mami Donzert había podido desempeñarla y la llevaba en el cuello como antes. Pero Martine iba de tarde en tarde, seguía con sus clientes a domicilio, a veces trabajaba después de comer, volvía tarde, se sentía cansada.

Nada había cambiado y sin embargo en las contadas ocasiones en que iba a la Puerta de Òrleans, a ese apartamento en que había vivido, se sentía como una extraña. ¡Cuando a ella se le debía la actual felicidad de Cècile, cuando era ella la que había tenido la idea de presentar a Cècile a Pierre Genesc de los materiales plásticos! Pierre Genesc era un amigo de la señora Denise, que conocía a todo París, pero Pierre era para ella algo más que una relación, o al menos lo había sido. Sin duda ella se había acostado con él y nada tenía que reprocharle. Con tal certificado sobre su gentileza, cortesía y honestidad, Martine se lo había presentado a Cècile en una entera confianza.

Eso no cambiaba nada. En Puerta de Òrleans, Martine se sentía como una extraña. Mami Donzert se ocupaba del ajuar de bodas de Cècile. Si a Martine le habían regalado un apartamento, a Cècile le regalaban un ajuar de bodas: ropa interior de princesa, y también sábanas, manteles, paños de cocina. Y Cècile, que no seguiría trabajando en la agencia de viajes después de sus bodas —ayudaría a su marido en la oficina en lo tocante al secretariado— quería dejar la mejor impresión y seguía asistiendo regularmente para darle tiempo a la agencia de encontrar una sustituta: siempre habían sido muy amables con ella. Entonces, entre sus horas de oficina y su novio estaba tan atareada que era como para perder la cabeza, ya de por sí atolondrada, embriagada de felicidad y de amor, de esa fiesta perpetua, las novedades, su madre y el señor Georges en adoración ante ella, sin contar a su novio, cada cual yendo al encuentro de sus deseos. Martine pensaba que no habían hecho lo mismo con ella. Olvidaba su historia, pensaba sencillamente que, seguro, mami Donzert se esforzaba en quererla, pero pese a todo no era su hija. Y el señor Georges, siempre tan afectuoso con ella, pero había entre ambos esa visita, es cierto que él no sabía nada, lo cual no impide que la visitara no para ayudarla sino para criticarla... En fin, Cècile ocupaba aquí todos los corazones, era la atracción principal.

Una vez más Martine pasaba sus vacaciones en París. De todos modos podría descansar, ya que su clientela privada saldría de París no menos de tres meses, al instituto de belleza iban sobre todo extranjeras, todo era calma... Cècile, el señor Georges y mami Donzert se fueron a Paris-Plage para que Pierre pudiese pasar el fin de semana con ellos. En ese París tan vacío, con menos trabajo, sin juegos de bridge, sin nadie a quien ver, forzosamente tendría que descansar. Martine necesitaba un descanso, se sentía rara.

El doctor dijo: «¡Estoy seguro... Está en estado... Va por el quinto mes. Qué salud tiene usted señora! ¡Magnífico!»

¿Y qué pasó luego? ¿Y por qué? Se había sentido tan dichosa... Incomprensible. Martine salió de la clínica con el vientre vacío, con un sentimiento de vacío que nada podría colmar. Su madre, la Marie, era muy superior a ella, al menos sabía tener hijos... Martine se sentía estéril para siempre. Era una vergüenza, un deshonor. Si hubiera tenido un hijo... el hijo... Daniel hubiera vuelto como antes... No le dijo nada. ¡Había venido, pese a todo había venido! Llegó en un día de calor sofocante de agosto, quemado por el sol, flaco, con la mirada más inocente, más límpida que nunca... Solo estuvo de pasada... le había dicho que innegablemente tenía necesidad de descanso, una vez más le propuso llevarla a la granja. ¡Pero Dios mío, no podía! Se excusó como le fue posible... Por nada en el mundo le hubiera manifestado que tenía que ir a la clínica regularmente a curarse...

Martine se sentía asqueada. Tenía gestos de repulsión contra sí misma. Todo eso era sucio, innoble... Si Daniel se enteraba, esto significaría el final, se asquearía de ella para toda la vida, se convertiría en un gesto de repulsión para él. Una rata despanzurrada con todas las entrañas al aire, ya podridas. Martine sufría lo indecible.

Daniel se marchó convencido de que Martine ya no lo quería, de que su misma presencia le era insoportable, que ya no lo amaba.

# TELEPRESENTACIÓN

Fue en un arranque de desesperación. Martine se había atrevido y había ganado y todo parecía querer arreglarse. Todo eso no había sido más que un túnel negro y no el camino del infierno.

Le había telegrafiado a Daniel: «No dejes de ver la televisión este jueves ocho y treinta noche». Daniel, con una inquietud reavivada, ya que siempre lo acompañaba una latente inquietud por Martine, llegó a París. ¿Qué quería decir esto?

Martine no estaba. Daniel encendió todas las luces. El apartamento vacío lo acogía en un orden perfecto. El musgo en el balcón había crecido y cubría los barrotes del enrejado. Había flores en los búcaros: eran rosas. El tic tac sonoro de un reloj le hizo alzar la vista: era un reloj nuevo en un marco de mimbre, ahora en el lugar donde estuvo colgado el cuadro de la pecadora. Las ocho. ¿Volvería Martine en unos minutos más? ¿Qué significaba esto de la televisión?

Cuánto tiempo hacía que no venía por aquí... meses. Había pensado que todo había terminado, y a la primera señal asistió angustiado, lleno de impaciencia febril. ¿A qué jugaban pues ambos? Daniel fue a lavarse las manos con la impresión de ser indiscreto, ¡a tal punto se sentía en «casa de alguien!, y no en la suya.

Si Martine no regresaba a tiempo no sabía cómo se las arreglaría para echar a andar el televisor, jamás lo había puesto, no tenía tiempo que perder. El reloj continuaba dejando oír su tic tac. La *tele* dormía sobre su consola, con el ojo desmesuradamente abierto, atravesado por una mancha blanca.

Daniel apagó las luces y se puso a manejar los botones. ¿Cuál de ellos era el que hacía aparecer la imagen? Los probó todos, desordenó todo lo que podía desordenarse. De cualquier modo había luz en la pantalla, con chispazos y destellos. El ruido de un mar agitado invadió la sala y Daniel buscó febrilmente el botón del sonido. En fin, todo se organizó más o menos y en la pantalla se precisó un señor rayado horizontalmente, sonriente, y que decía:

—Bueno, resumamos: el candidato tiene veinte y tres años, es vendedor de una gran tienda, y ha elegido los problemas de historia...

Un joven, alto como una vara de tumbar gatos, se adelantaba para sacar una tarjeta que el sonriente señor le tendía en abanico, cuando en ese preciso momento la imagen se puso a girar como un pollo en el asador.

Daniel, echando pestes, de nuevo empezó a manipular nerviosamente los botones. Pasó un ratico antes de que la imagen se enderezara, se estabilizara... y entonces Daniel vio con una especie de espanto sagrado, ¡a Martine! Una Martine diminuta, de pie, junto al sonriente señor:

—Aquí tenemos a la señorita candidata, la número cuatro, perdón, a la señora candidata... Usted se llama

Martine Donelle, es manicura, casada y no tiene hijos. Todavía no, ha dicho usted...

La *tele* dejó oír la risa enorme de una sala invisible.

—Usted se presenta para la canción... Veamos... veamos... veamos... si es tan sabichosa como bella. ¡Buena suerte, señora!

La pequeña Martine sacó una tarjeta entre las que le tendía el afable señor. Estaba como envarada, pero muy bella. Elegante como un maniquí, con un vestido estrecho, oscuro...

—Pues bien, señorita... decididamente, siempre se me olvida que el padre de los hijos que todavía usted no ha tenido, ya es su esposo... Pues bien, señora, tenga la bondad de contestar las preguntas que están en la tarjeta que he sacado:

En primer lugar: ¿De quién son las tres canciones siguientes: *Los parigots. ¿Qué queda de nuestros amores? Esperaré...*

En segundo lugar: ¿Quiénes son los intérpretes que las hicieron famosas?

En tercer lugar: Sería estupendo que nos tarareara el estribillo de cada una de estas canciones. *Maestro, please...*

El maestro apareció sobre una pequeña tarima, casi de frente vuelto hacia Martine y dirigiendo con su pequeña batuta un redoble de tambor impresionante... A continuación se vio al animador, a Martine, y, detrás de ellos, a la orquesta. Martine se callaba, y el corazón de Daniel latía con los tambores... Ella callaba.

—Vamos, señora —dijo el animador gentilmente—, un esfuercito, no quedan más que veinte segundos...

—Vandair... Trénet... Goehr...

—¡Perfecto —gritó el hombre—, magnífico, exacto!

El invisible auditorio aplaudía.

—¡Pues se diría que usted abre con demora su paracaídas, señorita...! ¡Vaya, vuelvo por las andadas...! Señora, eso es lo que quería decir... ¡Nos ha tenido con el resuello cogido! Ganada la primera pregunta... *Maestro, please*, la segunda pregunta...

El maestro reapareció casi de frente a Martine, la orquesta atacó un vals lento...

—Este vals dura exactamente dos minutos y medio... tiene que adivinar en ese tiempo...

Martine dijo:

—Sí, señor... —y se calló.

—Cincuenta segundos... treinta... no nos va a hacer la jugarreta de no contestar esta pregunta, mucho más fácil que la primera... cinco segundos...

—Maurice Chevalier... Trénet... Claveau...

—¡Bravo —gritó el hombre alegremente—, exacto, perfecto, magnífico...!

El estudio se hundía bajo el peso de los aplausos, tan calurosos que tuvieron a bien mostrarla totalmente en la pantalla, y las caras de las primeras filas y las manos que aplaudían.

—De acuerdo con lo estipulado la primera respuesta enteramente satisfactoria, es decir, tres veces satisfactoria, le hace ganar tres mil francos; la segunda respuesta enteramente satisfactoria, es decir, tres veces satisfactoria, le hace ganar tres mil francos multiplicados por tres. ¡Señora, está usted ahora en los nueve mil francos! ¡Atención! He aquí el tercer deber: señora, nos va a tararear el estribillo de cada una de estas canciones, sin una equivocación... Y tendrá al instante a su disposición veinte y siete mil francos... *¿Okey?*

Martine dijo sí con la cabeza. La orquesta empezó a tocar y ella empezó a cantar con su vocecita precisa, vulgar, procaz...

*Los parigots son gentes de París,*
*su buen humor es único,*
*ya sean burgueses, obreros o pilluelos,*
*los parigots son los chéveres del gran París...*

—Bravo, bravo... —gritaba el presentador, que parecía divertirse mucho—. ¡A la siguiente!

¿Qué queda de nuestros amores?
¿De esos bellos días queda algo...?

Cantaba Martine... Y en este estribillo no se equivocó como no se había equivocado en el otro.

—Es en este punto —dijo encantado el animador—, donde la historia se complica. Le recuerdo el reglamento: si contesta en el acto la pregunta difícil que verá en la tarjeta que usted sacó la segunda vez, multiplicaremos sus veinte y siete mil francos por cinco. ¿Lo está oyendo? ¡Por cinco! Pero si se equivoca, pierde lo ganado, es decir esos veinte y siete mil francos que se ha ganado con el sudor de su frente. ¡No obstante, el aperitivo mundial tendrá el agrado de consolarla ofreciéndole una botella de ese maravilloso elixir de gozo y de salud! ¿Se decide por la pregunta número cuatro o no sigue?

—Voy por la cuarta... —dijo Martine.

¡En una palabra, al final de la emisión en la que solo actuó ella, Martine había ganado quinientos mil francos!

—¿Quiere proseguir, señora?

—No, señor, necesitaba quinientos mil francos...

La sala estalló en aplausos. Y el animador dijo:

—¡Bravo, señora, tiene mucho tupé y conocimientos! Si vuelve a menudo hará saltar la banca. Permítame besar su mano... Y mil cosas a su esposo, espero que conozca su felicidad... ¡Y que tengan muchos hijos!

La pantalla se cubrió de zigzags luminosos, lanzó unos destellos... Era el final de la emisión. Apareció el anuncio de un filme. Daniel apagó el televisor y se quedó en la oscuridad hasta que vio que la puerta se abría.

Martine, en carne y huesos, estaba allí.

—¡Ganaste! —dijo Daniel—. Confío en ti, eres una valiente muchacha.

# TODAS ESAS ROSAS QUE NO
# ERAN A CRÉDITO

**M**uchísima gente había visto a Martine en la televisión. Clientes, la encargada del edificio, compañeros del instituto de belleza. ¡Es increíble la cantidad de personas que ven la televisión! Sin embargo, solo le había avisado a Daniel y a la familia de Puerta de Òrleans: como la transmisión no se hacía en directo y no la pasaban sino dos días después de la prueba, Martine no corría el riesgo de que la vieran fracasar, sabía de antemano que había triunfado.

La encargada, siempre amable con Martine, tan hacendosa, tan linda, tan ordenada, y a la que su marido dejaba sola, ¡todo un escándalo...! La encargada estaba sencillamente como en éxtasis ante ella. ¡Qué linda se veía la señora Donelle en la pantalla y qué bien había cantado! ¡Y más cuando se ve a tantas, ¡ah!, ¡vaya!, una se pregunta cómo se atreven a presentarse delante de millones de telespectadores!

En el instituto de belleza, después de esa transmisión, el prestigio de Martine, la pequeña diosa, había crecido desmesuradamente. De modo que no era simplemente bella y hábil en su trabajo, sino también docta, inteligente y músico... También la habían visto por la televisión muchas de sus clientas y la felicitaron, regocijadas y respetuosas, perfectamente respetuosas, así de pronto era muy agradable ser tratada un poco como una estrella. Los peluqueros (había quince de ellos en el instituto de belleza) siempre galantes con Martine, se deshicieron en atenciones. Pero ella, aunque un tanto menos tensa que de costumbre, más sonriente, seguía haciendo la diosa como siempre. Dígase lo que se diga, y esto se sabía de sobra, Martine era no solamente honrada sino también virtuosa. Por otra parte ella era la única así en el instituto de belleza, puesto que el personal femenino de la casa, las manicuras, masajistas, especialistas de belleza eran casi todas mujeres con una vida hecha, con un marido, un amigo o un novio. El cuidado que ponían en su aspecto físico, así como en el de sus clientas, no era ni frivolidad ni coquetería por parte de ellas, sino exigencia del oficio; lo mismo que la amabilidad, las maneras afables eran en ellas una segunda naturaleza. Le perdonaban a Martine ese aire distante que tenía por su excelente trabajo, su puntualidad, y, con donosura, le gastaban bromas a la diosecilla, como solían decirle, por no bajarse de su pedestal.

El señor Paul, un jovencito, que tenía sus iniciales bordadas en el bolsillo alto de su blusa, gritó: «¡Martine, una canción!» Y todos corearon: «¡Una canción! ¡Una canción!»

Martine, sin hacerse rogar, cantó *La endecha del pobre Jean* con su vocecita procaz y tensa. Tuvo que cantar otras pues cada cual pedía una: se las sabía todas, con toda la letra y de cabo a rabo. El camarero, tan distinguido con sus entorchados dorados en el hombro se olvidaba de servir, estaba entusiasmado... A las dos de la tarde la señora Denise dio dos palmadas:

—A sus puestos, señoras y señores, ¡hay gente en los salones! ¡Vamos, Martine, mi pequeña artista, a trabajar! Ahora, con sus quinientos mil francos, iba a pagar de una vez todos los plazos que le envenenaban la existencia. Solo quedaría por pagar el abrigo de pieles, pero si no había más que un plazo al mes, con lo que ganaba era un juego de niños. Un día tendrían una casita en el campo. Ya que Daniel había vuelto a la casa todos los sueños de nuevo eran posibles. Daniel... ¡Daniel había vuelto! Una casita, cerca de Monfort-l´-Amaury, donde la señora Denise la había llevado a casa de unos amigos, los mismos que vivían en los Campos Elíseos y poseían cuadros modernos. ¡Qué bien se estaba en la casa de esa gente! Un día... A pesar de todo tal vez un buen día tendría un hijo...

La gente de Puerta de Òrleans estaba en la noche de la transmisión en casa de uno de los dos ayudantes de peluquero que trabajaba en el negocio del señor Georges y el que tenía un aparato de televisión, por supuesto comprado a plazos. Cuando Martine había ido a visitar a mami Donzert tuvo muchos ¡oh! y ¡ah! pero Martine sentía que su éxito tenía algo de escandaloso a los ojos de su familia adoptiva, que eso era algo que no se hacía. No era correcto salirse de lo normal, hacerse notar. «Siempre es la misma cosa con Martine —dijo mami Donzert—, tan pronto es elegida Miss Vacaciones como tan pronto se gana quinientos mil francos en la televisión...» En fin, nada había que decir en contra suya, esas transmisiones estaban permitidas por el gobierno... asimismo la lotería nacional, las carreras y la bolsa.

Le devolvió el dinero a mami Donzert, aunque esta historia con la cadena de oro que había tenido tamaña importancia, ahora que ella devolvía el dinero, caía en la indiferencia general. ¡Y esa letanía del señor Georges con sus cuentos que no acababan nunca, su lavadora enmohecida y su pececillo de oro. ¡La tercera partida! Si todos no se hubieran dedicado a asediarla, y Daniel el primero de todos, se las hubiera arreglado requetebién en la vida.

Ambos estaban en un estado de euforia que permitía todos sus sueños, todas las esperanzas. Vivían juntos en París, en invierno Daniel tenía muchas cosas que hacer en la ciudad. Ah, si él hubiera querido escucharla, si se hubiera hecho paisajista como se lo había pedido todo el tiempo... Daniel se reía: no tenía disposiciones artísticas, no hubiera sido más paisajista que pintor o arquitecto. Era un científico y no un artista. Lo cual no le impedía amar el arte. Daniel llevó tan lejos su optimismo que creyó poder llevarse a Martine a vivir en la granja.

Allí nada había cambiado. A no ser que era invierno, el paisaje de un pardo pelado como la piel de una rata enferma, el fango en el patio, duro y crujiente. En el comedor una estufa esmaltada calentaba pobremente. Dominique dijo: «Bienvenida, Martine». Y la pequeña Sophie, ahora toda una muchachona, con gruesas trenzas negras y la mirada de su abuelo y de Daniel ofreció a Martine un ramo de rosas traído de los invernaderos de uno de los Donelle. El almuerzo era suculento, la madre-de-los-perros, reducida, curvada en dos, iba y venía dando pasitos. También allí estaban los primos, con grandes delantales bajo sus sacos mal cortados. No decían esta boca es mía. Bernard, más feo que nunca, le buscaba los ojos a Martine.

El señor Donelle era afable y se ocupaba del vaso de Martine, le servía las mejores postas... Luego todos se dispersaron precipitadamente, aunque era un sábado.

Daniel llevó a Martine a una de las torres, haciéndola atravesar el caos del patio.

—Quería enseñarte... —dijo—. Se podría arreglar esta torre como habitación para nosotros.

Martine sintió que el corazón le daba un vuelco. Siguió a Daniel al interior de la torre. De un montón de paja y de cajas arrancaba una escalera de caracol. Había excrementos de pájaros, pelusillas y plumas...

—Mira qué escalera tan bella —dijo Daniel—. Pasa delante, es un tanto tiesa...

Los pisos de la torre eran redondos, vacíos, con aspilleras por ventanas, y, coronando el todo una plataforma desde la que se divisaba un inmenso paisaje circular. Vivir aquí... el miedo se apoderó de Martine. Miedo de los que aquí habían estado vivos, de sus voces que habían enmudecido, de sus esfuerzos, de sus destinos... Martine solo se sentía bien allí donde nadie hubiese respirado antes que ella. Aquí tenía miedo.

—Eso costaría una fortuna —dijo tranquilamente—, millones para arreglar esto. ¿Y tú que detestas las granjas remozadas, qué mosca te ha picado?

—Puede ser... Era por ti. He soñado, eso es todo.

Habían bajado de la escalera en silencio. El cuarto de Daniel, su cuarto, estaba atestado de libros, era difícil reconocerlo. Había nuevos estantes, ya llenos de libros, otros amontonados, apilados por todas partes. *Su* cuarto... *Su* pasado de ambos. Martine era presa de la angustia, estaba aterrada como ante un fantasma que sacude sus cadenas.

—¡Martinot! —llamó Daniel. Le abría los brazos. Era el Daniel de antes. Era el Daniel de ahora. Era el tiempo que se va, el recuerdo, lo irreversible, era la vida que se iba como la arena entre los dedos, la muerte a menudo presentida... Martine dio un grito. ¡No, jamás, jamás, no podría vivir aquí!

A medida que la gente es más inculta es menos intelectual y pierde la cabeza con mayor facilidad. Los locos, las locas suelen habitar en las aldeas, en los campos, allá es donde se encuentra a los posesos, a los inocentes, a las brujas y a los brujos. Con las supersticiones se hacen un círculo de fuego para protegerse de los lobos del misterio. Daniel debía estar engañado, sí, bien pudiera ser que se engañara y que Martine no fuera la horrible pequeño-burguesa que él pensaba: era una mujer acosada por los lobos del misterio. Para no perecer de miedo necesitaba una vida puercamente humana. No tenía los fusibles de seguridad que da una cierta, una no extensa cultura, ciertos conocimientos explicativos en los cuales se crea a pies juntillas y que son las supersticiones del siglo XX... Para reconocer el gran terror hay que saber mucho más, los grandes sabios deben conocerlo, saben lo bastante de él como para saber que nada saben.

Martine estaba menos bien protegida que Daniel contra la inquietud metafísica. No le hubiera sido posible explicar que la vida que se había hecho era una autodefensa, o que se veía obligada a poner entre ella misma y la intolerable sospecha la capa diseñadora de un instituto de belleza, de un comedor confortable. No quería perder la cabeza.

Cuando el domingo volvían de la granja, silenciosos en el auto que rodaba rápido, Daniel había frenado de pronto. Era en el entronque de la carretera nacional, ya en París, allí donde inmensos edificios de cristal y hormigón cobijan algunas hechicerías del siglo XX, y a sus pies se hunden en el desorden casas de vivienda que terminan en una larga existencia entre árboles que parecen tener cabezas de condenados. Daniel había puesto el auto sobre el terraplén, en la hierba amarilla, sucia. Los autos se les venían encima, los camiones, los ómnibus los rozaban, unos muy cerca de los otros, rápidos, peligrosos, enormes... Martine se torcía los pies en la hierba del pequeño foso que Daniel le había hecho pasar para subir el trillo. En la hilera desordenada de las viejas casas se veía un hueco detrás de una verja. Era una puertecita... Hacia abajo largas hileras de rosales sin rosas se perdían a lo lejos, perforando el telón de fondo.

—Imagínate esto en verano... Aquí, entre bastidores, como un milagro, una aparición, las rosas... veinte mil rosales, lo que queda de las plantaciones de los Donelle. París se lo ha comido todo. Aquí te quería decir adiós...

—Hace frío, Daniel... ¿Qué pasa?! ¡No tomas el tren!

—Ni ausentes ni presentes, las rosas no saben hacerte soñar. Eran todas tuyas. Rosas que no eran a plazos... Querida mía...

Había besado ligeramente a Martine, rozándole la mejilla con sus labios. A ella le costó trabajo sacar sus puntiagudos tacones de la tierra húmeda, a cada paso se hundían más y más, la tierra quería retenerla con el tesoro perfumado sumido en sus profundidades, entre las piedras movedizas en las inmediaciones del inmenso París.

# LA URRACA LADRONA

**E**l día en que la señora Denise mandó que buscaran a Martine en el cubículo, esta no se sorprendió, había terminado tranquilamente su trabajo de las manos de una clienta y se fue a buscar a la señora Denise al comedor, que a esa hora estaba vacío.

La señora Denise no se anduvo con rodeos:

—¿Sabía usted, Martine, que hay cosas que no se hacen, incluso aunque la ley no las castigue? Es un problema de corrección elemental, y semejante cosa nunca ha pasado aquí.

—¿De qué habla usted, señora?

—No se haga la tonta, Martine. Está pálida como un muerto, sabe muy bien de lo que estoy hablando.

Martine no dijo nada.

—Usted se ha aprovechado de nuestros clientes para hacerse de una clientela particular, y ese tráfico dura desde hace más de un año. Con otra empleada que no hubiera sido usted nos hubiésemos dado cuenta más pronto, pero con usted nuestra confianza ha sido ciega. ¿Qué pensaría de una costurera especializada que trabajando en una casa de costura y teniendo un tallercito privado sustrajera los clientes de esa casa para su propio provecho?

—No es la misma cosa —dijo Martine con sus labios blancos, fríos, muertos—, en el caso de que me habla hubiera habido robo de modelos. Yo necesitaba dinero... y ustedes pagan mal...

—¡Y ahora viene con reclamaciones...! De cualquier modo, ha confesado. La urgencia de dinero nunca ha excusado el robo. Puede pasar por la caja. Nosotros solo empleamos a personas correctas.

Una urraca. Una urraca ladrona y negra. Malvada. Martine caminaba por la calle y no veía las bellas vidrieras del barrio Saint-Honoré, las bellas cosas brillantes. Sentía en su bolsillo las bolas redondas y lisas, birladas a sus hermanos, y a su madre chillando: «¡Una urraca! ¡Una urraca ladrona, eso es lo que eres!» Volvía a ver la urraca sobre la mesa cubierta con un mantel blanco, en el jardín del motel en que había pasado su primera noche de mujer casada. La rabia del pájaro porque lo echaban de la mesa. Como atrapaba el mantel con el pico y tiraba de él. Porque lo echaban. Tendría que confesar a Daniel que la habían echado. Cuando volviera. Porque después de la visita a la granja ni había vuelto a París ni le escribía. No había habido pelea entre ellos. Era algo peor. Y ahora tenía miedo de que se presentara de pronto. ¿Qué le diría? Daniel nunca había sabido que ella pudiera hacer algo que no se hace, algo incorrecto, turbio, a escondidas de la señora Denise, de Ginette, del instituto de belleza, no tenía la menor idea de todo eso. Tendría que contarle un cuento de camino. ¿Y qué cuento? No se le ocurría nada. ¿Qué le había pasado para que así, de pronto, tuviera un altercado con alguien en una casa en que todos estaban tan contentos con ella? Podría decirle que había sido idea suya, una ocurrencia, que estaba harta, que todos los días la misma cosa... No era nada fácil... Daniel sabía de sobra que a ella le gustaba todo eso, todos los días la misma cosa, y sobre todo, nada de cambios.

Fue a sentarse en un café de los Campos Elíseos. Miró en torno suyo. Un café moderno tal como Daniel los detestaba. Todo se veía reluciente, nuevo. Así es como Martine entendía la vida: reluciente, limpia. ¿Qué era para el instituto de belleza ese poquito de trabajo que ella les había sustraído? Eso le permitía soñar, ser feliz... Al menos un día u otro lo hubiera sido, porque hasta el presente, con el cansancio y el poco tiempo que tenía a su disposición, ni siquiera había tenido tiempo para sentir otra cosa. «Son los obreros endeudados los que hacen las revoluciones», había dicho Daniel últimamente. En otro tiempo él le hablaba mucho... La genética y todo lo que cuelga y lo metido que andaba en ella. Daniel no era más que un campesino, no ponía más que ejemplos campesinos. Parece que en tiempos remotos de las deudas los ataban de pies y manos. «Pero esas deudas no se las echaban a la espalda... —decía Daniel—. ¡El crédito es cosa buena. ¡Pero las gentes son presa del deseo! Los obreros han peleado por una jornada de ocho horas, y ahora que las tienen, trabajan horas extras, se revientan por poseer una moto o una lavadora». Se echaba de ver que era un hijo de su papá, que jamás había vivido en una cabaña de tablas, durmiendo sin sábanas y comiendo con las ratas... Siempre había podido bañarse... Conocía a su padre, y sus progenitores nunca se emborrachaban, no se pegaban, así era muy fácil hablar. «Los alemanes tenían cuarto de baño —decía Daniel—, y los norteamericanos tienen autos y refrigeradores... ¿Y qué? Se complican por dinero. Más quieren más tienen. Luego, bum, la guerra, el progreso en material plástico se gasta y uno se queda escasamente con la tierra, con el pan y con las rosas... No las rosas a plazos, rosas de verdad para todos». «Estoy por el progreso — decía Daniel de nuevo—, pero no por un progreso en material plástico. No por espejismos. La gente reventaba y revienta por un bocado de comida, no hay alternativa. Pero reventarse por un comedor confortable, ¿tú piensas que eso es el progreso?» ¡Ah, lo que la había podido hartar con su moral! Peleaban... Él no quería admitir que la pasión que ella tenía por el confort moderno pudiera compararse con la suya por las rosas. Se ponía hosco, sus labios apretados se aplastaban el uno contra el otro: ¡Si te atreves a comparar mi pequeño trabajo científico con tu «conforcito», te aseguro que en lo adelante nada tendría que ver contigo! Daniel se largaba, Daniel tiraba la puerta... Siempre tiraba la puerta. Lo había recuperado con su historia de la transmisión, pero eso no había durado. Después del viaje a la granja no lo había vuelto a ver. ¡Si al menos él quisiera mortificarla una vez más!

El coñac le hacía entrar poco a poco en calor. Hacía muchísimo tiempo que no había estado afuera a esta hora. El café de pronto se había atestado: era la hora del aperitivo de la tarde, la hora de las citas, la hora en que la mujer, el hombre solos, comprueban su soledad. Cuando todavía Daniel se mostraba deslumbrado en su presencia, cuando todavía la amaba, Martine le hablaba de su niñez. Esta niñez era uno de los *triunfos* de Martine, uno de los motivos de la admiración y de lástima respetuosa que tenía Daniel por ella. Ahora que ya no la amaba, esta infancia se volvía contra ella, le constaba así, aunque Daniel no lo hubiera dicho todavía: «Tienes a quien salir». Pero ese hijo de burgués estaba a punto de soltárselo.

¿Qué le diría a mami Donzert y al señor Georges? No se iban a poner de parte suya. ¿Y a Cècile? Por supuesto que Cècile se pondría de parte suya, pero inmediatamente iría con el cuento a su Pierre y su Pierre era un dueño, vaya... el mundo entero estaría contra Martine.

De todos modos subió al apartamento de la Puerta de Òrleans. Comparado con el elevador de su casa este ya había pasado de moda, el de su casa era una caja metálica, laqueada de gris, en la que uno se veía herméticamente cerrado: las puertas se abrían por sí mismas una vez que el elevador se paraba. Daniel siempre le había tenido miedo, y a la mecánica demasiado independiente, las fuerzas con las cuales no se puede discutir, lo aterraban. «¿Y si se para?», decía. ¿Qué puede hacerse encerrado en esa caja fuerte? Ni salir, ni tratar de repararla, ni llamar. Prefería subir los seis pisos.

La recibieron con los brazos abiertos. Pero Cècile tenía que salir con Pierre y corrió a vestirse. La esperaba frente a la casa a las siete y cincuenta de la noche. Lo mismo que Daniel cuando la quería. Allí seguía la cama de Martine y también su coqueta sin nada encima. Las sillitas. Los sueños.

—Me voy de mi instituto —dijo al desgaire, siguiendo a Cècile con la mirada que iba y venía en pantaloncitos y ajustador, dentro de los cuales bailaban los pezones de sus pequeños pechos—. Cècile se inmovilizó en medio de su vestido, que, caído en tierra, ella estaba por ponerse:

—¿Qué te ha pasado? ¡Dios mío!

—Oh, nada, me han ofrecido algo mejor —dijo Martine. Había mentido a pesar suyo. ¿De modo que no podía confesar la verdad, era tanta su vergüenza? Pero no, simplemente quería irse por la tangente: le costaba menos trabajo decir: me ofrecieron algo mejor.

Pero Cècile seguía parada en medio de su vestido:

—¿Dónde? ¡Ahí estabas tan bien! ¡Una casa tan elegante! ¿Y Denise? ¿Y todas tus clientas?

—¡Vístete! Se te va a hacer tarde. Me han ofrecido algo muy interesante. Te lo contaré mañana.

—¡Qué historia!

Cècile se ponía el vestido, uno descotado, con una larga saya amarilla.

—¿Se lo has dicho a mamá? Mañana tengo una cita en el instituto con el señor Marcel para un peinado.

—No vayas... —dijo Martine—. Sabes, no están muy contentos de que me vaya, entonces más vale...

—¿Pero dónde vas a trabajar? —Cècile se estaba poniendo un abrigo de noche.

—¡No había visto ese abrigo...! ¡Qué bella estás!

—Pierre me llevó a casa de uno de sus clientes. Una casa de costura que acaba de abrir... ¡De una elegancia! ¡Dios mío, olvidaba mis perlas! Me he quedado turulata con lo que me acabas de decir...

Martine se quedó a comer con mami Donzert y el señor Georges. No hablaron más que de las bodas de Cècile, mami Donzert no podía pensar en otra cosa. Martine los dejaba hablar y la comida se deslizó plácidamente. Martine no dijo una palabra de sus preocupaciones.

Tampoco a Daniel le diría nada. Lo primero era salir de apuros, encontrar otro empleo. O tal vez, no trabajar más que con una clientela privada, pensaba Martine de vuelta a casa y llegada al apartamento siguió pensando mientras hacía sus abluciones nocturnas, y en la cama entre sábanas de hilo aún no pagadas... Se sentía lo bastante tranquila como para mirar una revista, leer los consejos de «su amiga Colette» que daba buenas direcciones para la compra de una tostadora, de un cenicero de cerámica, de un biombo de mimbre, de un papel pintado con musgo, candelabros con pantalla de vidrio, para comer en el jardín, en el campo... ¿Qué hacía Daniel a estas horas de la noche? ¿Estaba durmiendo en su cuarto, en la granja? Lo mismo podía estar en París, en un hotel o en casa de su amigo Jean... Él no quería verla. Pero sí, volvería, no sería la primera vez... Y cada vez que volvía a la casa, Martine tenía una pequeña irracional esperanza: ¿Tal vez estaría allá arriba esperándola? Pero ahora precisamente no era conveniente que se apareciera, se vería obligada a inventar algo al instante. Más valía que no se apareciera. Martine se durmió.

# EL GRAN ENREDO

La esperanza de que tal vez Daniel la esperaba en el apartamento no era tan fuera de lugar como Martine lo pensaba, puesto que Daniel había esperado efectivamente. No le era posible dejar de verla de una vez por todas, siempre había en él una extraña inquietud por Martine. Y mientras esta estaba en uno de los cafés de los Campos Elíseos, Daniel estaba esperando en el apartamento. Se había quedado dormido sobre el pequeño diván del comedor, estaba muerto de sueño. La campanilla de la puerta de entrada lo despertó sobresaltado. Fue a abrir: era Ginette, la pequeña de los ojos gris azul que trabajaba en el instituto de belleza.

—¿Martine no está? —le preguntó mientras lo seguía hasta el comedor.

—No, la estoy esperando.

Ginette, con un abrigo que la envolvía cálidamente, una boina oscura que hacía sus cabellos aún más rubios, las mejillas tiernamente arreboladas, los ojos gachos, como si se los hubieran golpeado, de un color malva, se apoyó titubeante sobre el diván.

—¿Así que no la ha visto todavía después del trabajo? Es extraño, se fue del instituto a las cinco.

—¿Ah, sí...? —A Daniel no le parecía nada raro, Martine pudo haber ido a cualquier parte. —¿Y por qué se fue tan temprano?

—¿Por qué? Tuvo una conversación con la señora Denise. La señora Denise descubrió algo que ninguno de nosotros sabía.

—¿Qué cosa? —Daniel ponía oído atento.

—Martine tenía una clientela particular.

—¿Y qué?

—¡Pero es que sus clientes eran los del instituto de belleza!

—¿Y qué?

—¡Pero vamos, señor Donelle, le levantaba los clientes a la casa! ¡Eso no se hace! La señora Denise la ha despedido. Fíjese que si estoy aquí es para decirle a Martine que a mí me importan tres pepinos las ideas de esa señora sobre la corrección. Somos amigas o no lo somos. Denise es buena para fingir solidaridad con nosotros los empleados, y siempre está del lado del dueño.

Daniel atascaba su pipa. ¡Un enredo más! A cada instante un enredo...

—Pero los otros son, más o menos, del parecer de Denise —prosiguió Ginette—, pretenden que eso no se hace, que es una indelicadeza... No se me escapa que está preocupado, señor Donelle... No tiene por qué, precisamente venía a decirle a Martine que tengo una socia que trabaja en una casa muy acreditada en la que podría entrar fácilmente. No se preocupe de ese modo, señor Donelle...

Ginette había puesto la mano sin el guante, una mano suave, blanca, sobre la mano de Daniel. Ella misma era como esa mano, suave y blanda, y además arrebujada en ese abrigo mullido, como una rosa que huele más expuesta al calor... Daniel le cogió la mano y se inclinó sobre Ginette para besar sus labios de un tan lindo carmín, suaves y pulposos... Ella se dejó.

—¿Nos vamos? —dijo Daniel.

Ginette se levantó sin decir nada. Bajaron la escalera en silencio, ambos conscientes de que aún estaban en casa de Martine. Ya en la calle, Daniel dijo:

—¿Vamos a su casa? ¿Dónde vive?

Daniel la montó en su auto. Estaba harto de Martine, hasta la coronilla. Era todo lo que detestaba en la gente, vulgar, en su manera de vivir y de pensar, una pequeño-burguesa de pequeñas estafas sin ton ni son. Todo en ella era mezquino y de mal gusto. Manejaba, frenaba, maltrataba el auto como si tuviera a Martine en su mano. Ginette vivía en Los Ternes, un edificio como tantos, con un olor a sopa de ajos en la escalera. En los descansos, detrás de las puertas se oían voces, gritos de niños, el ruido de la radio... Ginette abrió una de esas puertas.

—No encienda... —le dijo Daniel. Ella lo vio suavemente y en plena oscuridad se metieron en la cama.

Martine tuvo tiempo de sobra para reponerse del golpe sufrido a causa del despido del instituto de belleza: la desaparición de Daniel era persistente, jamás se había esfumado durante tanto tiempo. Y ni una palabra, ni una señal de vida. Martine se había decidido a telefonear a la granja y hasta lo hizo varias veces. Le decían que Daniel estaba ausente y esas respuestas parecían una consigna. Con la ayuda de Ginette había encontrado rápidamente trabajo en una peluquería, allí le pagaban mucho más que en el instituto. Pero no era la misma cosa, es cierto que era un lugar acreditado y caro, para mujeres ricas, pero no para el Todo-París que da el tono, y Martine, que había aprendido a ser *snob*, se sentía disminuida. Lo mismo que se sentía disminuida por la amistad acrecida y activa de Ginette que no podía reemplazar a la de la señora Denise. La señora Denise había sido la bella relación de Martine. Ginette no era más que una buena y cortés mujercita, pero con la excepción de sus quejas sobre las dificultades de una mujer sola para educar a un hijo, y el cuento de sus acostaderas ocasionales que siempre terminaban en arengas sobre la inconstancia de los hombres, no había nada que sacar de ella. Martine no estaba en vena para decir sandeces durante el almuerzo en el que se atiborraban de dulces, o cuando se metían en una de las grandes tiendas para distraerse, como solían hacerlo cuando Martine todavía estaba en el instituto. La señora Denise tenía empaque, no se acostaba por accidente, elegía, y siempre hombres distinguidos, industriales, cineastas... uniones a veces de corta duración, pero al fin y al cabo uniones, no aventuras de una noche.

Las bodas se celebraron con gran pompa en la Iglesia de Santa Margarita, en la avenida de Alèsia. Un tropel de curiosos aguardaba la aparición de la novia. Todo un gentío de invitados. Máquinas y más máquinas... Mujeres divinamente ataviadas... Hacía un tiempo divino, el *lunch* esperaba por los invitados en el Bosque, en Armenonville. Cècile, en traje sastre rosado cielo estaba como para comérsela. Venía de la misma casa de costura que su traje de novia, y el joven modisto, para quien esta gran boda era todo una prueba, había dado lo mejor de sí, echado el resto en estas creaciones. ¡Lo que se dice un triunfo, lo fue! En Armenonville la terraza estaba únicamente decorada con lilas blancas. Cècile había telefoneado a la granja para pedirle un consejo a Daniel respecto a la decoración floral, los precios... Por Cècile, Daniel había ido a París, había respondido a su ruego. Y hasta asistió a las bodas. Allí estaba.

Se había aparecido en casa de Martine en el momento en que ella se estaba vistiendo para asistir a las bodas. Estaba en un estado extraño, las manos le temblaban, su boca dejaba ver tics nerviosos. Daniel le dijo con voz dura:

—¿Qué te pasa?

Y en ese momento las lágrimas brotaron de los ojos de Martine y tuvo que empezar de nuevo a maquillarse.

—Vamos, vamos... —dijo Daniel, y estas dos palabras bastaron para que la sangre afluyera de nuevo y tiñera los pálidos labios de Martine. Había tenido un tal miedo de aparecerse sola en esas bodas, sola en ese gentío en el que no conocía a casi nadie... y Denise, que estaría presente inmediatamente vería qué sola y abandonada estaba allí. Cuántas noches y días había rumiado sobre esa posibilidad. Martine incluso había llegado a pensar que había hecho mal permaneciéndole fiel a Daniel. Hacía meses y meses que no lo veía. Qué estúpida era con su virtud, tan inatacable que ya habían dejado de cortejarla. Esta virtud debía sentirse desde lejos, incluso en la calle los transeúntes la adivinaban. Ya hacía muchísimo rato que nadie cortejaba a Martine. Se había vuelto aburrida, había perdido su gancho. Y ahora, sin Daniel, ni un solo hombre para sencillamente no ir sola a esas bodas. Martine ya no lograba conciliar el sueño, no solo era desdichada, sino que, para colmo, la humillaban. Y ahora la aparición de Daniel, cuando ya había organizado su defensa interior, la dejaba deshecha, la emoción la despojaba de todos sus medios de defensa.

Danie la la miraba rehacerse del maquillaje y volvió a decirle:

—Vamos, Martine...

No estaban de acuerdo en nada, pero él conocía a su pobre Martine, comprendía el por qué de esas lágrimas, de ese nerviosismo...

—Vamos, Martine-perdida-en-los-bosques...

Ella alzó sus ojos hacia él, sus atormentados ojos, y le sonrió.

La señora Denise la besó, muy natural y sonriente:

—Pareces cansada, Martine —le dijo—, pero hasta cansada se te ve bien. ¡Exageras probablemente, como siempre!

Martine se dejó besar, pero no le contestó. Estaba junto a Daniel con la copa de champán en la mano y hacía esfuerzos desesperados para mirar a los hombres con interés. No había ninguno que le gustara, el único que contaba para ella era Daniel.

No hubo más que un *lunch*. Los recién casados se iban a Italia ese mismo día. Los invitados cogían sus autos, achispados con el champán y una tarde tan preciosa. Nadie quería volver a su casa. ¿Una vuelta por el Bosque? Se pudiera ir un poco más lejos, con la carretera al alcance de la mano.

Daniel llevó a Martine de vuelta y en la misma calle se despidió de ella. Martine no le dijo nada, ni si quería subir y si volvería y cuándo. Empujó la puerta y cuando se volvió ya Daniel había desaparecido. El ascensor, presto y decidido, la llevó en un periquete al sexto piso. Ahora Martine estaba en su casa, monísima en su atuendo azul celeste, no sabiendo qué hacer con esa tarde, con las noches, libres,

libres... Qué tonta había sido cancelando sus visitas a domicilio de esa tarde. No había un alma que la sacara a pasear. Por fin se decidió a quitarse la ropa. Bueno, aprovecharía esta jornada vacía para descansar. Daniel se había marchado y nunca como en esta ocasión se le hizo tan intolerable esa partida. ¿Qué cosas le quedaba por hacer con esas jornadas, con su vida?

Con las cortinas echadas, acostada en su colchón de muelles, Martine pensaba en su vida. ¿Cómo todo se había disgregado? ¿Por qué...? Los días felices. Los días felices... Tan solo sombras.

# ESPONTÁNEAS CONFESIONES DE LOS ESPEJOS

F ue en ese invierno en que Cècile esperaba un hijo cuando Martine compró a crédito una lavadora. Ya hacía rato que no compraba a crédito desde que se había ganado los quinientos mil francos y pagado los plazos más engorrosos. Y repentinamente, he ahí que volvía por las andadas. La compra de la lavadora era un vicio: con lo que una sola mujer puede gastar dando su ropa a lavar, hubiera necesitado muchísimos años para recuperar lo que le costaba la máquina. Y como Martine no disponía de tiempo para hacer funcionar la lavadora y plancharse la ropa, se vio en la necesidad de tomar una criada. Fue la primera criada que tuviera en toda su vida, pues hasta ese momento ella misma había hecho todo el trabajo doméstico. Y mucho mejor que una criada, ahora se daba cuenta de que tenía criada. La costumbre que tienen de restregar con el mismo paño el bidet y el lavabo... La idea de que esas manos, que tal vez no se las había lavado, tocaban su pan y sus frutas, le quitaba el apetito. Martine hizo desfilar a varias de ellas, adquirió fama de arpía, y se resignó a no servirse de la lavadora sino excepcionalmente.

Luego compró un juegos de sala en junquillo. El precio era exorbitante, loco. ¡Y ni siquiera era de caoba! Pero esos muebles le hacían falta: al presente no era raro que visitaran la casa para jugar bridge gente muy bien, muy elegante. Todo había empezado por una invitación a la casa de una de sus clientes, una empedernida jugadora de bridge... ¡Qué absurda idea, había refunfuñado el marido de la señora, un alto funcionario del Ministerio de Finanzas, invitar a su manicura! Cambió de parecer al ver a Martine, tan bella, y en lo que al bridge se refiere, sensacional. De una en otra, Martine había trabado amistad con los amigos de su clienta y los amigos de los amigos. La invitaban a comer antes del bridge y a cenar después. Fuera del juego esas relaciones no llegaban a ser muy amistosas ni íntimas, en Martine había algo de seco, de estirado, de pedante, que impedía acercarse a ella, incluso aquellos y aquellas que no pensaban que uno no debe tratarse con su manicura. Muy de tarde en tarde visitaba a los suyos, e incluso a Cècile, que esperaba un hijo. Martine no tenía hijos. En su nueva posición no se había hecho de amigos y, en fin de cuentas, el bridge seguía siendo su vínculo más seguro con la humanidad. Salía, recibía... De ahí la idea de amueblar de nuevo su apartamentito. Ahora ya Martine había podido ver interiores de mansiones particulares con muebles antiguos y modernos, el lujo, la calidad. Estaba segura de que se habían burlado de ella, de su comedor confortable.

Necesitaba comprar muebles y enseres para sentirse activa, pensaba. Se daba razones, en verdad si quería cosas era por puro nerviosismo, una especie de bulimia: no lograba empacharse. Si Daniel hubiera vuelto como antes, nada le hubiera hecho falta. Pero este se limitaba a hacerle una visita de cuando en cuando, como un médico que viniera a tomarle el pulso a una enferma. Martine se había hecho socia de un club de bridge y compró un auto. Aunque entre su trabajo de manicura, el bridge y las mensualidades que Daniel le enviaba reunía al mes sumas de consideración, tuvo que pedirle prestado a una de sus clientas para comprar el auto.

En la peluquería la dueña ya le había dicho con una cierta extrañeza en la que se traslucía una inquietud: «¡Mire que usted compra cosas, Martine! A cada rato me vienen a preguntar a cuánto asciende su sueldo y si es usted una empleada seria. Óigame, usted me ha pedido que no le diga a esos señores investigadores que ha contraído otros compromisos. ¡Pero ya es demasiado! No quiero mentir, y todo cuanto puedo hacer por usted, es decir que por lo que sé, está terminando de pagar otros plazos. ¡No acabo de entender cómo se las arregla con los plazos! Cierto que es seria, pero no millonaria, de lo contrario no sería manicura».

En el nuevo salón de Martine, los invitados, antes del juego, mientras todavía tenían disponible el espíritu, admiraban el arreglo del apartamentito, el modo con que todo había sido previsto con el menor esfuerzo. Se maravillaban de ver cómo en París se podía crear con tres pesetas un interior delicioso. Cuando alguno de los invitados iba al baño observaba con discreción el pijama del esposo, de ese esposo siempre invisible, mítico. Los cócteles, los sándwiches, eran excelentes, así como las cenas frías. Los jugadores de bridge que la señora Donelle invitaba a su casa lo eran de clase, escogidos cuidadosamente, y el interés, la pasión común hacían de esas reuniones todo un éxito. Una mujer enérgica... Decían sus compañeros de juego, y no le hacían la corte. Martine no era asequible. Sí, es cierto que si un día hubiera tenido la absurda idea de ir a ver a alguna de esas gentes, hombres o mujeres, si hubiera ido a decirles: «Tengo problemas...» o «Estoy enferma... » o «Mi marido me engaña, soy desdichada... », tanto los unos como las otras no hubieran salido de sus asombros. En definitiva Martine se había vuelto una cosa, como el mismo juego de cartas.

Tenía a Ginette. Martine no olvidaba que Ginette no le había fallado cuando aquella fea historia, cuando la señora Denise la había despedido. Pero las relaciones con Ginette no eran fáciles. Se había vuelto una mujer positivamente histérica, a veces abrazaba a la gente llorando, a veces se mostraba arisca con ella... Esto se lo debía a su hijo al que habían expulsado del colegio. «¡No puedes hacerte una idea de la juventud de hoy día!» Tal vez sí... Pero no era una razón para pasar de la risa a las lágrimas y de las lágrimas a la risa con tanta facilidad. Sin duda en todo ello había un hombre de por medio, y como siempre, las cosas no andarían nada bien. A veces resultaba odiosa. ¿No se atrevió un día a preguntarle a Martine?

—¿Por qué no te divorcias?

Martine sintió como si una corriente eléctrica le recorriera el cuerpo. Nunca había pensado en el divorcio, pero si esa idea se le había ocurrido a una extraña, bien pudiera ocurrírsele a Daniel. En tan contadas ocasiones veía a Daniel, vivía en la granja, trabajaba, pero nada le probaba que viniera a París sin pasar por su casa, nada le probaba que si se quedaba en la granja no tuviera allí un compromiso. Cuando iba a verla casi nunca se quedaba a dormir y si se quedaba le hacía el amor como un rito inevitable. Todos esos pensamientos pasaban en zigzags de dolor por el cuerpo de Martine.

—¿Qué te ha movido hacerme esta pregunta absurda?

—¿Absurda? Me parece normal. Ustedes ya no viven juntos. Uno y otro tendrían que rehacer su vida. Sabes a lo que me refiero... es algo de sentido común. Forzosamente las cosas terminarán así, entonces más vale ahora que tarde. Ya no tienes veinte años. Cuanto más tarde sea, más trabajo te costará encontrar otro hombre, siempre te encontrarás con hombres ya comprometidos... te pasará lo mismo que a mí.

Era cierto que no vivían juntos. ¿Mas por eso eran las cosas diferentes? Para Martine no. Otro hombre... ¡Rehacer su vida! Era risible, como para matarse!

—¡No entiendes nada de nada, mi pobre Ginette! —le dijo con aires de superioridad.

—¿Tú crees? —Ginette se echó a reír—. Sabes a lo que me refiero...

Una vez que Ginette se hubo marchado, Martine fue a consultar su espejo. Dios sabe si Martine conocía su reflejo, sus cabellos, su boca, sus cejas, el óvalo de su cara, su oficio era estudiar lo que le venía mejor a su piel dorada, a su estatura... De memoria se sabía su cuerpo, de frente, de espaldas, y cada una de sus curvas, sabía el valor que tomaría un rojo en sus labios, la marmórea majestad de los pliegues cayendo de la cintura hasta los pies, y cómo un tejido de punto revelaría sus pechos, atrayendo las miradas, cómo sus largas piernas, con su movimiento hacia delante, haría valsar las sayas... ¡Mascarón de proa!, decía Daniel... ¡La Victoria de Samotracia!, decía Daniel... ¡Sirena!, decía Daniel... De eso ya nadie se acordaba. Martine se miraba en el espejo: y ahí estaba ella, de la cabeza a los pies. Todo estaba en su justo sitio. De haber habido el menor asomo de arrugas, imagínense si Martine no lo hubiera notado al punto, ella que a diario se miraba como a través de una lupa. No, no tenía arrugas. No era eso. Y no fue a causa de una arruga que Martine experimentó repentinamente como una descarga eléctrica: ¡Ya no tenía veinte años! Martine se miraba... Algo se le había escapado, algo se había infiltrado sin que se percatara, algo que había dejado que se introdujera por falta de vigilancia... Se echó hacia atrás, se apartó del espejo, y de pronto se acercó para contemplarse allá adentro... ¡No se reconoció! ¿Quién era esa mujer de tez biliosa, de expresión intensa y dura? Por haberse fijado siempre mucho en los detalles había descuidado el conjunto. No le habían salido arrugas, pero algo había perdido... La lozanía, lo amable, lo femenino... Martine trató de sonreír, dejó ver sus dientes intactos, blancos, sólidos... Pero el labio superior parecía más delgado, la mandíbula más pronunciada, de pronto Martine pensó en sus medios hermanos, en esas ranas de buen humor... ¡Cuando sonreía tenía con ellos el mismo aire de familia! El gusanillo estaba en el fruto, la vejez estaba en ella, la chupaba, la horadada como una fruta madura del todo.

Sin hacer sus abluciones nocturnas y dejando las ropas sobre la alfombra, Martine se metió en la cama a las ocho. No había duda de que se sentía mal. Tenía náuseas. Tuvo que ir al baño. ¡Qué angustia! Volvió a acostarse. El divorcio. Si a Ginette se le había ocurrido esa idea, otros debían pensar como ella, la gente debía decirse, hablar entre sí. Un violento navajazo en el hígado la sacó de sus pensamientos: ¡Una crisis hepática, eso es lo que tenía! Y ni teléfono ni nadie que fuera en busca de un médico.

El dolor se fue mitigando. Si ya no tenía veinte años es porque estaba enferma. No era más que eso. Ya no tienes veinte años... De qué modo había dicho esto Ginette. No solo era el sentido sino que en esa pequeña frase había algo más que Martine retenía... La entonación. ¡La de Daniel ¡Eso mismo era! Exactamente. ¡Ginette y Daniel! Martine experimentó una emoción tan aguda que todo su cuerpo se estremeció, como un vaso que se deja caer y que se rompe en mil pedazos.

Como en un libro de cuentas, Martine seguía las columnas de las horas y de los días: las llegadas y las salidas de Daniel, las visitas de Ginette, las palabras, las citas, las inflexiones de voz... Como todas las mujeres engañadas, ¡no había visto más que humo! Había sido confiada, tonta, había sentido un afecto por esa puta de Ginette. Una chica de la que siempre se habían preguntado en el instituto de belleza cómo había hecho para introducirse entre mujeres tan bien educadas... ¡Una puta! Pero a los hombres les gustan las putas, las que les corren detrás, que se encaraman encima de ellos, que les hacen lo que sea, cochinadas... ¡Como su madre, la Marie, con el primero que llega! Daniel no se habría rebajado hasta ese extremo... Martine iría a la policía , tiene que haber leyes contra las mujeres que destruyen un hogar... ¡Ginette, una prostituta para soldados, que se acostaba con los boches! ¿Por qué no la habían pelado al rape...? Pero la eterna indulgencia de los franceses, una vergüenza... ¡Daniel! ¿Qué se había pues imaginado ella?, ¿Que él se contentaba haciendo el amor por casualidad una vez? Todos estos años... ¿Qué sabía ella de él, de sus relaciones? Nada, no se había imaginado nada de nada, ese pensamiento estaba tan lejos de ella... ¿Piensa uno en su muerte? Si uno pensara en su muerte, ¿cómo hacer para vivir? ¿Cómo vivir en lo adelante con esta idea? ¿Entonces, qué, matarse? ¿Dejarlos seguir y suprimirse? ¿Dejarle el sitio a Ginette? ¿Y a otras más, y a todas las demás...?

Martine se levantó. El hígado ya no la molestaba, pero sentía vértigos, veía puntos negros... Por otra parte, ¿a dónde ir? La esperaban en casa de la señora Dupont, la sobrina del ministro, para jugar al bridge. No sería allí donde podría fulminar a Ginette, vociferar injurias ni confundir a Daniel... decirle todo lo que tenía sobre el corazón desde su niñez, desde que ella lo veía pasar con su aire de conquistador, en la aldea, con la certeza de que el cuerpo y el corazón de la chiquilla que ella era le pertenecían, importándole un bledo todo eso. Duro y centelleante como su moto, tocado con su casco, con botas, todopoderoso... ¿así que creía poder barrerla con un revés de mano? ¡Pues ya se vería!

# EL CANTO DEL GALLO

Daniel manejaba en dirección a la casa de Martine y pensaba en ella. ¿Es que hay pasiones anacrónicas...? Cuando antaño la hubo de llevar por primera vez al cuarto de un hotel había sentido abrirse ante él el abismo de una pasión profunda como en una selva de noche. Martine aguardaba a la entrada de esa selva oscura para atraer al viajero. Daniel la había seguido: era un hombre. En el siglo XX ya no se cree en fantasmas, Daniel era un científico, pero un científico romántico. Con Martine creía aventurarse en un país misterioso, habitado por seres fantásticos. No era la suya una pasión prefabricada, en material plástico, tenía algo de eterno, de único. Daniel no era un término medio, era un campesino y un caballero, amaba lo duradero y lo heroico. Se casó con Martine. Y en el acto fue como el canto del gallo al alba, como un persignarse ante sortilegios: todo se disipó y asumió formas conocidas y cotidianas. Martine, su mujer, no era más que una repulsiva pequeñoburguesa, seca, egoísta, con deseos en material plástico y sueños en nailon. Volvió a encontrarse con Martine-perdida-en-los-bosques en medio del confort moderno, con un empleo no del todo malo, con sus buenas deudas, preocupaciones tontas y un horizonte tan limitado que era el caso preguntarse cómo podía sobrevivir sin golpearse a cada instante con los muros de su universo sorprendentemente restringido. Esa era Martine, de la que Daniel había admirado la inteligencia, las facultades de orientación entre las actividades humanas, tanto en el comercio como en el arte, puesto que en muy poco tiempo había adquirido un gusto seguro y su manera de expresarse ahora era correcta. Pero ahora Daniel comprobaba que todo eso no era más que el resultado de una memoria excepcional, como la que, por ejemplo, en un caballo sustituye a la inteligencia, pero en un ser humano... Que Martine hubiese sido capaz de aprenderse de memoria el pequeño y hasta el gran Larousse no probaba nada. A fin de cuentas sólo era una maniática, y Daniel formaba parte de sus manías, lo mismo que el orden, la limpieza o el bridge. Ah, las cosas que uno puede imaginarse cuando es joven y desea a una bellísima muchacha. Ginette tenía razón, Martine era seca como un garrotazo y su única pasión era el confort. Ginette añadía que si Martine iba perdiendo su belleza era porque su falta de corazón empezaba a asomar la oreja. Seguro que no tenía corazón, pues de otro modo se hubiera percatado de que Daniel la engañaba. Ginette era una gatica como hay tantas por ahí, nada desagradable, dulce, suave, y un corazón debía tener puesto que se daba perfecta cuenta de que Daniel la engañaba. ¿Qué se creía, que él le iba a ser fiel? Por largo tiempo lo fue con Martine, en primer lugar porque la amaba, luego porque sentía un respeto por el amor que ella le profesaba... pero Ginette no era la primera ni la única mujer con la que se acostaba desde que Martine dejó de ser aquella Martine que Daniel había creído que estaba perdida en los bosques y con la que volvía a encontrarse en un comedor confortable. Las mujeres, a excepción de Martine, la única, no constituían un problema para Daniel, él, como un buen cazador siempre levantaba la liebre...

Esto era, poco más o menos, lo que Daniel se iba diciendo en su auto. Dentro de ocho días se embarcaría para Nueva York y esperaba permanecer un año más en Estados Unidos para confrontar sus métodos de cuidado de cultivo y de comercialización de rosales con los de Francia. El señor Donelle se iba haciendo viejo, Daniel tenía que apurarse en hacer ese viaje, indispensable en su opinión, en tanto que todavía pudiera ausentarse. Un Donelle de los *Establecimientos Donelle* no podía dejar de ser bien recibido por los cultivadores de rosas del mundo entero, pero Daniel Donelle, nieto del gran Daniel Donelle, ya por eso mismo se había dado a conocer mediante notables trabajos en el campo de la genética, y era una de las más grandes firmas productoras de rosales en California la que le había propuesto entrar en dicha firma como encargado de investigaciones e hibridador. Esta sola firma producía diecisiete millones de rosales al año, en cambio, ¡la producción de todos los cultivadores franceses de rosas reunidos se eleva a quince millones! Allá las experiencias e investigaciones se hacen a la mayor escala posible y disponen de medios ilimitados. A la vuelta, Daniel asumiría la dirección de los *Establecimientos hortícolas*; era así como su padre veía las cosas.

Daniel no llegaba a representarse como acogería Martine la noticia de su partida. No le anunciaría más que un corto viaje, una ida por la vuelta, era una medida más prudente. Hubiera podido marcharse sin despedirse, ¿pero eso no se parecería a una fuga? Con Martine nunca se estaba seguro de nada. Lo mismo podía decir sencillamente: «Con qué te vas...» y pasar a otro asunto, que declarar: «No te dejaré ir...» o «Me iré contigo...» Esta última variante no era de temer, Martine no tenía ni pasaporte ni visa. Pero Daniel no estaba dispuesto a sostener una conversación de ese género. Ya la había sostenido con Ginette.

Detuvo el auto frente a la casa de Martine. Después de la entrevista con Ginette estaba tan cansado que se resignó esta vez a tomar el elevador-caja de caudales que siempre le inspiraba respeto. Podían ser las once de la noche. Probablemente Martine no habría regresado de su bridge cotidiano. ¡A menos que no se encontrara con un montón de jugadores de bridge en su propia casa! Si no había nadie, esperaría. Se quedaría a dormir y si tenía la suerte de quedarse dormido antes del regreso de Martine, podía aplazar el anuncio de su viaje para por la mañana. Dos entrevistas, una detrás de la otra, era mucho y además de día tenía más probabilidades de que las cosas marcharan bien. Martine, siempre puntual, tendría prisa para ir a su trabajo.

Daniel abrió con su llavín. Se veía luz por debajo de la puerta del cuarto, a la derecha; a la izquierda la puerta de la cocina, alumbrada, estaba abierta. Daniel llamó: ¡Martine!, y entró en el cuarto. Allí reinaba un extraño desorden, había ropa tirada sobre la alfombra, las cobijas deshechas. Martine salía del baño en camisón, despeinada, hosca...

—¿Qué pasa? —Daniel, asombrado, miraba a esa Martine insólita.

—Estoy enferma —Martine se dejó caer en la cama.

—¿Qué tienes? ¿Dónde te duele?

—Creo que es el hígado...

—Pero acuéstate como es debido, bajo las frazadas. ¿Quieres algo? Quieres una bolsa caliente?

Martine quería cualquier cosa con tal de que Daniel se ocupara de ella. Esa bolsa de agua caliente que le llevó era como un bálsamo sobre sus llagas, esa manera que tenía de arreglar el desorden de las frazadas, de recoger la ropa regada en el piso, de poner uno junto al otro sus zapatos, uno lo había encontrado debajo de una silla, el otro cerca de la puerta... «Tiene que dolerte —decía—, ¿te has tomado la temperatura? ¿No quieres de verdad que vaya por el médico?» ¿Sería posible que todavía la amara? ¿Tal vez no la engañaba ni con Ginette ni con ninguna otra? Una inflexión de voz es una prueba bien débil, nada que pueda invocarse en un acta de acusación. Daniel se apretaría los ijares de tanto reír, la tomaría por loca. El calor de la bolsa invadía el cuerpo de Martine de un bienestar que le llegaba hasta el corazón. Daniel se conmovió cuando vio las lágrimas que brotaban de los ojos de Martine:

—¿Te sigue doliendo, pequeña perdida?

—No, es porque ahora me duele menos...

Daniel, comprensivo, movió la cabeza:

—Un asco esas crisis hepáticas. Te voy a hacer un cocimiento.

—No, ven a acostarte.

Dócilmente Daniel se desvistió, se acostó, tomó a Martine entre sus brazos. Ella volvió a llorar, eran lágrimas sinceras, tibias como la bolsa, una inmensa felicidad se derretía como azúcar en su corazón y que la sangre cálida llevaba por todo su cuerpo. No se mata a un hombre por una inflexión de voz. Ella iba a velar, a vigilar, a espiar.

Esa noche, ante el temor de que la noticia de su partida alterara el hígado de Martine, no le habló de nada. Pero por la mañana, ella se levantó como de costumbre a las siete. Suavemente, sin abrir las dobles cortinas, para dejar que Daniel durmiera todavía un rato, mientras ella se vestía en el baño y después preparaba el desayuno. Daniel no estaba dormido, se decía que ahora tendría que hablarle de su viaje, besarla antes de irse... pobre Martinot...

Martine disponía sobre la mesa de la cocina las tazas del desayuno, la cafetera, la azucarera... todo eso componía un servicio de café para dos personas elegido cuidadosamente por Martine, era de cerámica tosca en verde pistacho, negro en el interior de las tazas, de esas tazas que tenían asas tan cortas que a Daniel se le había caído la suya el mismo día en que fuera comprado el servicio de café, y se había hecho añicos esa asa de infortunio. Tal mutilación era un constante sufrimiento para Martine y era inútil que Daniel afirmase que prefería los bols a las tazas, Martine no podía soportar los objetos deteriorados y soñaba con otros servicios de café... ya había visto uno en Primavera... Con ambas manos Daniel agarraba su taza sin asa. Cuánto lo amaba así Martine, de mañana, con su pijama arrugado, sentado sobre una pierna, soplando su café hirviente, mientras ella hacía tostadas con mantequilla.

—¿Estás mejor?

Ella iba mejor, tan solo un poco flojas las piernas. La cara chupada, los ojos como abollados, las mejillas hundidas y grandes ojeras... pero animosa como de costumbre.

—¡Qué ojos...! —le dijo Daniel—, ¡los dos negros como tinta de calamar! Tu nuevo peinado te asienta —añadió con admiración—, todo te asienta... no te lo dije ayer... te sentías tan mal... me voy a los Estados Unidos en viaje de estudios.

—¿Por mucho tiempo? —Martine puso una tostada en el plato de Daniel.

—No lo sé.

—¿Vas solo?

—¡Claro! —Daniel estaba un tanto asombrado por la pregunta—. No voy con una delegación, es una invitación personal que me han hecho. Una firma californiana...

Martine no había pensado en una delegación sino en Ginette. Decididamente, no había tal cosa, Daniel seguiría solo, y por el momento, saberlo lejos de esa perdida, era cosa buena. Si algo había entre ellos, nada le impediría a Daniel seguir su camino como si nada.

—¿Cuándo te vas? —Martine tomaba su café tranquilamente.

—Pasado mañana. El tren para el Havre sale enseguida, desde la granja iré directamente a la estación. Nos despediremos hoy. ¿Tienes lo necesario para el plazo de tu auto? Te traje un poco de dinero.

—Me viene muy bien...

Martine no le dijo que no tenía ni el primer centavo ni para el auto ni para el resto. Estaba tan endeudada que no veía ninguna salida, sin fuerzas y sin recursos. El elefante blanco era el auto y el dinero de Daniel llegaba a tiempo. Ya hacía mucho que él no intervenía en sus compras. El crédito es un pozo sin fondo. Con el crédito uno estima que siempre se podrá triunfar, que será rico. Lo cierto es que no.

Daniel se iba tranquilo. Martine lo había besado diciéndole:

—Vete... Y no me olvides. Si me olvidaras, ¡pobre de ti! Que Dios te ampare...

Un tanto solemne. A veces era así.

# «...Y LOS MURCIÉLAGOS QUE TODO SABBATT EXIGE...»

**D**urante la ausencia de Daniel, Martine trató por todos los medios de salir del atolladero. Pero nada quería arreglarse, nada se resolvía. Por ejemplo, la transmisión pública en la que Martine se había inscrito con la esperanza de hacerse de una vez de una bonita suma, fue un desastre. No se había puesto a pensar que con sus numerosas ocupaciones ya no escuchaba la radio ni compraba nuevos discos, y que, entretanto, se iban creando nuevas canciones y surgían nuevos cantantes. Y como hecho a propósito todas las preguntas que había sacado se relacionaban con éxitos recientes. Fue inútil que el animador hiciera cuanto le fue posible por ayudarla, volvió al apartamento con una caja de jabones, eso fue todo. Los que la vieron y oyeron se burlaron bonitamente de ella: ¡qué mosca le había picado para ir así en busca del ridículo!, ¡qué idea!

Lo primero que se llevaron fue la lavadora. Pero, en verdad, ninguna falta le hacía a Martine. Era una lástima por el dinero gastado, tres meses más y se quedaba con ella, pero es el caso que Martine no disponía de unos cuantos billetes de a mil... había que pagar todo el resto. El sitio recuperado en la cocinita facilitaba los movimientos, con la lavadora uno no podía darse vuelta. Y, sin embargo, ese rincón vacío era como el símbolo de una derrota, le recordaba a Martine como ella se había vuelto a ver sobre un escenario, incapaz de contestar a una sola pregunta, muda...

Luego le llegó el turno a la platería. No le podían llevar su salón en junquillo, no se acostumbraba a hacer a causa del deterioro. Con ese juego de sala podría tener disgustos de otra clase. Pero, tal vez si le daban tiempo desempeñarse... ¡De todos modos, ese salón era tan bonito! Con la hiedra sobre el balcón que ahora cubría todos los barrotes y enmarcaba la puerta vidriera... la misma señora Dupont se lo envidiaba. Por su cumpleaños Cècile le regaló unas sillas de metal para el balcón y, tan pronto como se pudiera dejar abierta la puerta, se formaría como un jardín. Cècile y Pierre Genesc iban muy poco a casa de Martine pues Cècile estaba a punto de dar a luz. No eran del todo malos en el bridge y Cècile era mejor jugadora que su marido, habilidad que llamaba la atención en esa criatura de nácar rosado. Martine luchaba, pedía prestado a este para pagarle al otro, llevaba una verdadera contabilidad para conservar el equilibrio, hacía economías hasta con los cabos de vela. En un año saldría a flote, sí, tenía un año... Si todo le salía bien, porque en verdad que caminaba por una cuerda floja y no podía perder sus energías en esfuerzos desordenados. Era como si se hubiera aventurado en pleno avispero. Si tomaba las cosas con calma pondría orden en su vida.

Como para no mentirle a Martine, Daniel regresó de Estados Unidos al cabo de tres meses. Mas era porque había conocido a una muchacha de la que se había enamorado perdidamente. Era la hija del dueño, que volvía de Francia después de haber pasado un curso justamente en esa escuela de Versailles de la que Daniel había salido. Este volvía a Francia para divorciarse.

Nada puede ser comparado al estallido que se produjo en el apartamentito cuando Daniel fue sencillamente a pedirle el divorcio a Martine. Fue algo así como si de pronto hubiera surgido un gran pájaro negro. Se debatía, se daba contra las paredes, tumbaba los muebles con sus alas, se hacía daño... ¡no, un pájaro no, un murciélago! el vuelo desordenado de un murciélago enceguecido por la luz, las alas cortantes, siniestro, infernal, espantoso como una araña, como los hilos polvorientos de sus fofas trampas, como el aferramiento definitivo de los ganchudos garfios de sus garras en los cabellos de los mortales: ni pájaro, ni alimaña, viviendo en la linde de un mundo negro poblado de animales fantásticos, rampante, volante, galopante, vomitando fuego y humores viscosos, punzante, cortante, mascando por trozos o tragándose de una sentada su presa, amenazando con sus dardos, haciendo chocar sus quijadas, con las fauces abiertas... los murciélagos giran, cizallan el aire a la entrada de las tinieblas, no osando ni quedarse, ni abandonar ese mundo por el abismo, allá...

Daniel se encontraba ante esas tinieblas que antaño le habían atraído. En tiempos pretéritos, Martine aguardaba a la entrada de ese mundo de misterio y por ese entonces tenía el aspecto de una bella, bellísima muchacha... y hela aquí transformada en murciélago, y la exploración de su mundo tenebroso ya no seguía subyugando a Daniel. Había hallado a una mujer con la que quería vivir a la luz del día, sin la cual el mundo se resumía en un tedio inmenso, con la cual cada cosa se hacía una razón de vivir, tanto que Daniel se había puesto a pensar de repente en la muerte, a tal extremo estaba temeroso de morir, a tal extremo era feliz de vivir. Es decir que Martine no pesaba hondo en la vida de Daniel, tal como este se representaba esta vida en la actualidad. Martine tan solo era una de tantas cosas que le impedían estar con Marion sin más dilación y que tenía que liquidar rápidamente. Había escrito en su agenda: *Partida de nacimiento, servicio militar, Martine, escuela, camisas, corbatas...* y luego, dos veces subrayado: Oda, Agua de lavanda. Eran perfumes para Marion.

Daniel no se esperaba tal explosión. No sospechaba que la carga era tan fuerte. Por supuesto, había pensado que al principio Martine se sublevaría, lloraría, gritaría... pero hacía tanto que todo había terminado entre ellos, que su pena, en su opinión, tenía que calmarse rápidamente. Martine se había vuelto tan seca, tan egoísta. Y resulta que no, ¡lo que ahora le estaba pasando era como una pesadilla!

Daniel había retrocedido hasta el fondo del apartamento, por temor de que de un aletazo ella lo precipitara en el vacío, no se atrevía a salir al balcón. Y hasta le dio tiempo de cerrar puertas y ventanas antes de que la tempestad en el interior llegara a su apogeo. No le quedó otro remedio que quedarse incrustado en la puerta del pequeño vestíbulo. Hubiera podido deslizarse afuera, pero ni siquiera pensó en ello, lo mismo que nadie se echaría a huir porque una cortina ha cogido fuego. Tenía que intervenir, tal vez echarle por encima una frazada a Martine, un abrigo, tirarle una banqueta entre las piernas. Pero desde el lugar en que se encontraba no veía ningún objeto a su alcance... si no lo atacaba directamente, lo más prudente era esperar sin moverse a que ella se agotara. La situación se prolongaba, en un silencio atroz, sin una palabra, sin un sonido, tan solo esos movimientos demenciales y ese silencio que acentuaba la semejanza con un murciélago...

Súbitamente Martine se inmovilizó, tirada en el piso, y así fue recobrando forma humana. Daniel dio un paso, se acercó y permaneció frente a ese cuerpo de mujer: «¡Martine!», —le gritó. Ella dejó ver una crispación dolorosa, trató de pararse, no lo logró y se arrastró hasta llegar a la cama. Él la ayudó acostarse y fue por un vaso de agua. Pero ella rechazó el vaso con el suficiente vigor como para que el agua se derramara. Entonces se disparó:

—Degenerado, puerco, inmundicia, mierda... te apoderaste de mi vida, me desfloraste... no soy más que un objeto, una cosa inanimada... inmundicia, hijito de papá, explotador, vampiro... ¿y yo, qué?, ya ni siquiera sé si soy una mujer porque he vivido con un hombre que no me desea, que se acuesta conmigo sin amor. Ya no tengo veinte años, tengo veinte y siete, estoy en mi plenitud y me siento como una solterona, pedazo de impotente, iré a la policía, tengo relaciones en los ministerios, probaré... que tus relaciones conyugales... has sido tú el que me ha hecho estéril y asexual, a tal extremo que ningún hombre me desea, a mí que soy bella, una diosa... la Victoria de Samotracia... he sido burlada en mis esperanzas, aniquilada... los plazos han dado buena cuenta de mí... las dificultades de los plazos. ¡Tus rosas eran a crédito, te las llevaste, canalla! Lo mismo que la lavadora... ¡Pellízcame, que me sienta pellizcada para saber si aún estoy viva, si esta pesadilla es la realidad...! Le preguntaré a Ginette cómo le hacías el amor... le darás a tu novia un certificado de Ginette... ¡tu novia! ¡Mi marido tiene una novia!

Y así fue vomitando todo un repertorio inagotable, variado, inmundo de injurias. Daniel, en el baño, diluyó una triple dosis de somnífero. Martine dijo: «gracias», y se lo tomó todo. «Vamos, duerme... estoy al lado».

Se durmió enseguida. Daniel iba y venía por el apartamento. La falta de teléfono era algo infernal, le hubiera gustado llamar a un médico. Descontando la parte de simulación que pudiera haber en el asunto, había que prever algo para el caso en que volviera a darle la crisis. ¿Prever? ¿Qué se podía prever en un delirio? Daniel estaba dividido entre el asco y la lástima. Hartos motivos de queja tenía contra Martine, ¿pero acaso no sería que no supo conducirse con ella...? Acaso. Ahora era inútil pensar en esto. Estaba allá con Marion en cuerpo y alma, con su jovialidad, su energía, su sentido de los negocios, sus cono-cimientos científicos, su cuerpo de piernas soberbias, sus músculos de muchacha deportiva... Ah, qué azul profundo el de sus ojos, lo primero que se veía de ella eran esos ojos inauditos... pero tenían el brillo de la salud, de la risa. No era bella como Martine o como una actriz de Hollywood, pero era bella como una mujer con la cual se quiere convi-vir, con la cual es tan natural, es tan normal vivir todos los días y todas las noches que es imposible que no sea así. Ya no era el caso pensar cuál de los dos, si él o si Martine, era el culpable... Ahora eran Marion y él que se buscaban como dos prisioneros que buscan la libertad. Nada ni nadie podría convencerlos de que era justo estar entre rejas desde el momento en que habían sido condenados. Nada podía oponerse a la voluntad de esos dos seres de unirse, para ello caminarían sobre cadáveres. Si Martine se convertía en un obstáculo para su unión con Marion, pues barrería con ella. Mas por el momento no era más que un andrajo del que había que ocuparse, peor que peor, una enferma.

Se sentó en una de las butacas de junquillo. El divancito del juego de *living-room* era más práctico, pero había desaparecido. En definitiva Martine, bajo los efectos del somnífero, dormía tan profundamente que muy bien él podría bajar y llamar a un doctor. Pero de verla tan tranquila lo mismo podía pensarse que sería inútil llamar a un médico. Ya era tarde. De todos modos Daniel bajó y desde el puesto de cigarrillos llamó al médico que prometió ir por la mañana. Daniel no sabía si era o no un buen médico, lo había visto un día en casa de Jean y como no conocía a ningún otro... volvió a subir por la escalera: todo estaba tranquilo en el apartamento. Martine seguía dormida. Daniel se acostó junto a ella vestido.

Era de día... ¿qué hora...? ¿desde cuándo estaba Martine viéndolo dormir, arrodillado junto a la cama?

—¿Por qué duermes vestido? —le preguntó Martine, no bien él hubo abierto los ojos.

—Estabas enferma...

—¿Enferma? ¡Mentiroso! No estaba enferma. El infortunio no es una enfermedad. ¡No! Sigue acostado... Así me será más fácil para escupirte la cara.

Y Martine lo escupió. Daniel saltó de la cama y de una bofetada la derribó. De pie, se limpiaba la cara con una bufanda de ella, cuidadosamente doblada sobre el espaldar de una silla, antes del drama, en otro siglo. Martine bufó como un gato y, erizada de rabia, se replegó sobre sí misma para abalanzarse sobre Daniel, pero ya este no sentía lástima por ella, solo veía ante sí un animal dañino que había que dominar.

No fue cosa fácil, Martine era fuerte. Tuvo que amarrarla a una silla con la bufanda y con el cinturón.

Cuando el médico hizo su aparición se encontró con un apartamento saqueado. Todo lo que podía ser volcado lo estaba, todo estaba roto, destrozado... y en medio de ese caos, una mujer apenas cubierta por un camisón hecho jirones, con brazos y piernas atados como en un viejo filme norteamericano.

El señor Donelle que le había telefoneado la noche pasada estaba en un triste estado, con la cara arañada, la camisa rota, descalzo, con el pantalón arrugado... El doctor había conocido a la señora Donelle en casa de Cècile, donde habían comido juntos y luego jugado una partida de bridge: una excelente jugadora, una mujer tan serena, tan equilibrada... también se acordaba del señor Donelle, de los *Establecimientos Donelle*, lo había conocido en casa de Jean, amigo de ambos, de Jean que no cesaba en hacer elogios de Daniel. El doctor, un joven psiquiatra, estaba impresionado, casi conmovido: es inútil tener experiencia...

—Está loca de remate —le dijo Daniel en voz baja—. Más vale que no entre al cuarto...

El doctor abría su maletín:

—¿Desea que la inyecte, señora? Se va a sentir mejor.

—Hágalo... —le dijo Martine atada a su silla, con una voz normal, triste...

—¡Ya está! —dijo el doctor con el dedo apoyado en el algodón mojado en alcohol contra el brazo de Martine—. Ya verá cómo pasados unos minutos se sentirá mejor.

—Oh, pero si me siento muy bien, doctor... no hay inyección que valga contra el infortunio... por favor, desáteme, ese bruto me ha tratado de una manera abyecta.

—¡Pues claro! ¿Se acostará, no es cierto, reposará un poco?

Desató a Martine y la ayudó a acostarse. Casi instantáneamente se durmió y el doctor fue en busca de Daniel que esperaba en la sala.

—¿Y qué? —dijo Daniel ansioso—, ¿cómo la ha encontrado?

—¿No tiene teléfono? Hay que hacer venir una ambulancia. Mientras ella duerme bajaré a llamar por teléfono.

El doctor bajó. Parecía tomar en serio la cosa. ¿Así que era un asunto serio? ¿Por qué no le había contestado? Daniel trataba de poner un poco de orden en aquel caos, paraba las sillas, secaba el agua derramada de los vasos, barría, recogía las rosas dispersas y pisoteadas...

En el cuarto Martine dormía respirando ruidosamente. Ahora Daniel recogía el pantaloncito de ella, las medias, el refajo... no era el más indicado para poner orden. Con el vestido de Martine en los brazos, Daniel se puso a mirarla: acostada boca arriba, con la cabeza ladeada sobre la almohada, inclinada sobre el hombro, la mejilla húmeda, el negro pelo revuelto, se veía increíblemente bella, mujeres como ella solo se ven sobre un pedestal en el césped de los parques.

Pero esta era una mujer viva, era Martine, la-pequeña-perdida-en-los-bosques, que lo esperaba en las calles de la aldea, era Martine, que nació asqueada, durmiendo en la paja podrida, con las ratas que corrían sobre los cuerpos de los durmientes, de esos cuerpos que nunca se bañaban... De esa Martine, que se quedaba afuera esperando que su madre terminara con un hombre o con otro, de esa Martine en el fondo de un sueño fosforescente que se había ido con él sin pedirle nada, que trabajaba como una condenada para tener butacas de junquillo, para poseer cosas nuevas y brillantes, un colchón de muelles, y que jamás había mirado a otro hombre. Daniel tuvo que contenerse para no llorar, puso el vestido de Martine y se fue a la cocina para echarse agua en la cabeza.

Debía haber una camisa limpia en la cómoda del cuarto. Volvió a entrar, haló la gaveta como un ladrón. Nunca acertaría con la gaveta debida, así que abrió una más que contenía cosas de ella, prendas de mujer, puestas en orden, perfumadas, encajes, sedas, una almohadilla de olor para las medias, otra para los pañuelos... y, sumida en toda esa diafanidad, envuelta en nailon, la Santa Virgen fosforescente. Daniel empujó la gaveta y haló otra, cogió su camisa y volvió a la cocina.

Con todo, no se iba a echar a llorar. De lástima, de rabia, de puros nervios. Se sintió mejor después de afeitarse. ¿Qué rayos hacía el doctor? Se sintió la puerta del elevador... Daniel había abierto antes de que el doctor tuviera tiempo de tocar.

—Ya está, la ambulancia vendrá en media hora. Dígame ahora que ha pasado.

Daniel llevó al doctor a la sala y dejó la puerta abierta para poder ver a Martine en su cama. Aunque el doctor no tuviera mucho más años que él, apenas si tenía treinta, Daniel, con su cabeza redonda y el pelo corto parecía un colegial llamado por el director.

—Ah, doctor... ¿Qué ha pasado? Hace diez años que estamos juntos y nos conocemos de toda la vida. Cuando le anuncié que me quería divorciar para casarme con otra mujer, ella se volvió como loca. Y esto dura desde ayer. Le di un somnífero, durmió. Y después empezó de nuevo.

Martine dormía. El doctor había sacado su estilográfica y preguntó las cosas de rutina... edad, enfermedades, hijos... Se excusó antes de hacer preguntas indiscretas. A reserva, más tarde, de una conversación detallada. Se la llevarían y le darían un electrochoque... Después ya se vería... Tal vez el psicoanálisis...

—¿Piensa verdaderamente que el amor se pueda curar?

El doctor no le respondió nada. ¿Lo tomaría por un presuntuoso? Pero había que vestir a Martine para transportarla. Ambos pusieron manos a la obra.

—Me excuso... —dijo el doctor—, mientras cruzaba un chal sobre el pecho de Martine, inconsciente—, pero lo digo desde un punto de vista puramente estético. Solo en raras ocasiones he visto una mujer tan bien formada. Perdóneme esta observación personal: es extraño que ella no haya sabido retenerle a usted...

—He encontrado una mujer menos perfecta —dijo Daniel—, hay que pensar que eso es lo que me hacía falta. Es lo que necesito, cueste lo que cueste.

En ese momento tocaban a la puerta: era la ambulancia.

# LA LAVADORA ENMOHECIDA

**D**aniel viajó a California cuando Martine estaba en una «casa de descanso». Hubo que hacer gestiones, el abogado, el procurador... Daniel tenía que viajar, pero una vez que Martine hubiera salido de ese establecimiento, se pondría en contacto con ella y liquidaría el asunto del divorcio. Daniel tenía problemas de dinero, estaban de por medio depósitos y garantías con la gente de la ley, el precio de la «casa de salud». No quería mezclar a su familia en el asunto y la seguridad social no satisfacía más que una mínima parte de los gastos. ¡De todos modos no iba a meter a Martine en el hospital! Finalmente, tuvo que embarcar en un carguero y viajar en condiciones de migrado, y eso con ayuda de Jean, que no estaba muy boyante. Pero a pie se hubiera ido sobre las olas para reunirse con Marion, la separación se le hacía insoportable.

Todos desaprobaron su comportamiento. Le había comunicado al señor Donelle y a Dominique su intención de divorciarse y volver a casarse sin pérdida de tiempo; ese anuncio lo acogieron con su habitual discreción y apenas si fruncieron las cejas cuando les dijo que su mujer era una extranjera. Hacía mucho tiempo que Martine no contaba para ellos, no se había asimilado a la familia de las rosas, pero la noticia de su enfermedad les causó una penosa impresión: «Me imagino que has tomado una decisión —le dijo su padre—, sin embargo la fuerza de un sentimiento como ese le otorga derechos...» Dominique tenía los ojos arrasados en lágrimas.

En lo que se refiere a mami Donzert, Cècile y el señor Georges, lo consideraban evidentemente como un monstruo y un asesino. ¡Hasta la misma Ginette se metía a juzgarlo! Le mandaron a Pierre Genesc para que le hablara de hombre a hombre. No fue una buena elección, pues si el señor Georges sufría por Martine y desaprobaba a Daniel con toda la violencia de que era capaz, en cambio Pierre Genesc cuando le habló a Daniel estuvo más bien flojo, y, francamente, más bien de su parte.

—Martine es una hermana para Cècile y ya por eso me es querida —decía, sentado con Daniel en el café de La Paix donde le había dado cita—, conozco sus cualidades, pero imagínese, siempre me fastidió. Es una mujer situada, seria, pero soy extremadamente sensible a todo lo que una mujer puede volverse enojoso para un hombre. Usted sabe, las mujeres excesivas, en exceso metidas en las cosas o en la billetera, que tienen ideas muy marcadas... sobre la moral... la política... los principios... las convicciones, ¡qué sé yo! Conocí una... una institutriz... me envenenó la existencia de lo lindo, ¡incluso en la cama tenía convicciones¡ Con Cècile me he ganado el premio gordo. Entre nosotros, querido amigo, lo comprendo muy bien. Martine siempre tuvo algo de inquietante... no lo tome a mal, pero ella tiene una veta de bruja, pese e incluso diría a causa de su gran belleza... siempre desconfié de ella. Un sentimiento que tan solo está basado en la autodefensa natural del hombre.

Daniel no decía nada. Frente a ese Pierre Genesc y sus ojos azules, saltones, se sentía del lado de Martine, lo cual no cambiaba nada, pero lo hacía más desdichado. Se tomó el whisky sin decir una palabra, llamó al camarero: «Usted me excusará, pero tengo cosas que resolver antes de mi partida».

—No hay nada que hacer —le contaba Pierre a su mujer que lo esperaba con impaciencia—, ¡un muro! Martine no tiene nada que esperar, y te aseguro, gallinita mía, que es mejor que se separen... entre esos dos las cosas tenían que terminar mal.

Cècile se echó a llorar, sentía muchísimo lo de Martine. Y decir que nadie podía verla, y sabe Dios lo que le harían allá, en esa casa. Ni siquiera permitían que se le llevase un presente, visitarla como a un enfermo cualquiera. ¡Y a lo mejor Daniel la tenía secuestrada para ir a reunirse con su gallina!

—No digas eso, queridita, ¡te consta lo que nos ha dicho el doctor Mortet, está loca de atar!

—¡Vamos, Pierre, jamás dijo eso!, dijo que ha sufrido un shock y que eso pasaría.

—¡No vamos a pelear!, un shock que la ha dejado loca de atar, y que se le pasará, estamos de acuerdo.

Fueron a besar al niño que estaba en su cuna. Él, o más bien ella, era tan nacarada como su mamá, imposible imaginar algo más tierno, más conmovedor...

—¡Mi pobre Martine! Ah, no ha tenido lo que se merecía...

Cècile lloraba apoyada en la cuna sobre el hombro de su marido.

Martine había vuelto a trabajar. Estaba tan tranquila, tan equilibrada y cabal que las murmuraciones que habían corrido sobre su enfermedad se disiparon rápidamente. ¡Incluso se calificaban de risibles esos chismes! ¿Su marido? Pues nada, su marido está en Norteamérica por sus asuntos, y para de contar. ¿La misteriosa enfermedad? ¡Pues un aborto, seguro! Martine, inclinada sobre las manos femeninas, hacía su trabajo, sustituyendo a la conversación por una fugaz sonrisa cuando los ojos de la clienta se encontraban con los suyos.

Dejó que se llevaran el auto, cuyos plazos no se pagaban desde hacía varios meses, sin demostrar pena ni añoranza. Por encima de todo eso había un desastre mayor. Ya no se oponía al divorcio, y a su abogado solo le había pedido una cosa: no hacerlo público inmediatamente. Cuando Daniel estuviera de vuelta en Francia con su nueva esposa, ya se vería. Todo eso se lo expuso tranquilamente a su abogado y renunció a toda pensión alimenticia. En esas condiciones el divorcio se obtendría con un máximum de celeridad.

Martine había reanudado sus partidas de bridge, pero los jugaba raramente y nunca en su casa. Para salir, conservaba su apariencia habitual, atildada, perfumada, y nadie hubiera podido sospechar la suciedad que reinaba detrás de la puerta del apartamento, cerrado a todo el mundo. No vaciaba el latón de basura, no lavaba la loza, no cambiaba las sábanas... esa era su venganza. ¿De quién se vengaba? Nadie sentía sus efectos. Para su propia delectación Martine dejaba que las cosas se fueran deteriorando, pensaba que las gentes, de saberlo, se sentirían mal, ¡no se confesaba a sí misma que todo eso les importaba un pito! Cuando noche tras noche se quedaba en casa, sentada en un rincón sin hacer nada, se consideraba astuta y reservada...

De la aldea le llegó una carta el mismo día en que tuvo noticia de su proceso: un hecho consumado, en menos de un año Daniel había obtenido el divorcio y estaba en disposición de casarse con la otra. La carta de la aldea esperaba por ella en la vivienda de la encargada. Martine la abrió en el elevador: el notario, el doctor Valatte, le anunciaba la muerte de su madre, y le pedía se llegara a su despacho para arreglar los problemas de la sucesión. La sucesión... ¡Chistoso! Lo único que tenían que hacer con la destartalada cabaña era quemarla. Primero pensó en la cabaña y después en la muerta. Hacía sus buenos diez años que no oía hablar de su familia. ¿Qué había sido de la muchachada? ¿Y la hermana mayor? ¿ Ir allá, verlos...? ¿ y por qué no?

En casa de mami Donzert la esperaban, sobre la mesa había flores y sus platos favoritos. ¡Tan de tarde en tarde la veían que era una fiesta tenerla de visita!, decía el señor Georges. Lástima que Cécile y Pierre no pudiesen ser de la partida, pero Pierre acababa de firmar un contrato importante con una firma extranjera y había invitado a sus representantes a cenar. Mami Donzert besaba a Martine con cualquier pretexto y se esforzaba por parecer alegre.

— Mami Donzert, hoy podría ofrecerme una buena pinta de lágrimas, digo si las tuviera... —dijo Martine comiendo con ganas una ensalada de papas con salchichón. Sacó de la cartera la carta del notario y se la dio al señor Georges.

El señor Georges dejó su tenedor y leyó la carta en alta voz. Martine comía. Mami Donzert, a su espalda, junto al fogón, metía sus dedos debajo de los espejuelos para secarse las lágrimas. Estaba haciendo buñuelos de manzana.

—Que Dios acoja su alma —dijo el señor Georges, y sacó un pañuelo blanquísimo para pasárselo por la calva—. No la conocí y era, me han dicho, una gran pecadora, pero ante el eterno...

—¿Sabía, señor Georges —interrumpió Martine—, que hoy se llevaron mi juego de sala de junquillo?

El señor Georges ni chistó; tan solo dijo:

—¿Cómo fue?

—No he podido pagar los plazos. Tres letras.

—¡Pero debiste decírnoslo! —exclamó mami Donzert, dejando a un lado sus buñuelos—, ¡te hubiésemos dado lo necesario, por favor, Martine! ¡Con todo lo que ya has pagado, es una locura! Una cosa tras otra... ¡Es como si te empeñaras en llenarles la panza a los comerciantes! ¡No bien te dejaste quitar el auto, vuelves a las andadas! ¡Todo esto me enferma, me enferma!

—No he querido que el señor Georges quede como mentiroso. Hace tiempo que predijo que me quedaría nada más que con mi lavadora enmohecida.

—No tenía ningún apuro de ver que mi predicción se cumplía... —el señor Georges trataba de bromear.

—¿Qué lavadora? —gruñía mami Donzert—, ¿qué cuentos son esos? ¡te encanta ser la víctima! Cècile y nosotros te hubiéramos dado lo que necesitabas. ¡No eres más que una tonta! Dame tu plato, ¿no estás viendo que los buñuelos ya están?

Martine había mentido: el juego de sala de junquillo no se había movido de su apartamento, y aunque no lo hubiera pagado allí se hubiera quedado, mucho más deteriorado desde el día en que tuvo la crisis de nervios. El junquillo se rompe con facilidad y no pasa mucho tiempo sin que luzca una porquería. Además, Daniel había pagado los últimos plazos y el juego era muy suyo. Por pura malignidad inventó esa historia, sabía de sobra que así apenaría al señor Georges y a la señora Donzert.

—Es verdad. ¡Están en su punto! Nunca he sabido hacerlos como usted, mami Donzert. ¡Cómo he comido! ¿Tomamos el café en la sala?

Se paró, mami Donzert dejó de revolver sus platos y sus cacerolas y la miró con desaprobación:

—Engordas que es un horror —le dijo—, debes pensar un poco en eso. Hice una torta, pero no te lo aconsejo...

—¡No me haga reír! ¡Privarme yo!

Martine se reía y mami Donzert no insistió: no le gustaba nada ese nuevo modo que tenía Martine de reírse. Esa risa la hacía pensar al instante en la «casa de salud»... Pobre Martine...

Pasaron a la sala.

—Es cierto que he engordado un poco —dijo Martine—, ¡eso le gusta a los hombres! ¡En la calle es una verdadera jauría pisándome los talones! Nunca como ahora los hombres me han corrido tanto detrás...

El señor Georges y mami Donzert la dejaban hablar. Esas historias podían ser ciertas, pero contarlas no era propio del carácter de Martine, y, además, sonaban tan falsas...

—No me han dicho nada de mi nuevo peinado —chachareó Martine—, ¿no les parece maravilloso? —Su pelo, muy corto, en ricitos, le caía en flecos por todos los lados.

—Te tapa esa linda frente —le dijo el señor Georges. No me gusta esa moda nueva.

—A usted no le gusta más que lo pasado de moda... es un poco como Daniel, buscaba el perfume de las rosas antiguas.

Se hizo un silencio, que mami Donzert rompió diciendo:

—¿Dónde pasarás tus vacaciones? ¿No quieres venir con Cécile y con nosotros al sur? Pierre ha tomado una villa...

—Me parece que con esta carta del notario lo primero será ir a la aldea. Y quién sabe si me guste tanto ver de nuevo la aldea que a lo mejor pase allí mis vacaciones. ¡Es mi patria pequeña! Con su cañada... y la cabaña, ¡no olvidemos la cabaña! Un veraneo impecable. Y este asunto de la sucesión... ¡es como para morirse de la risa!

Martine chupaba un terrón de azúcar. Ella sola se había comido casi toda la torta y todas las rosquillas que mami Donzert había hecho con el resto de la masa.

# SPARGE, PRECOR, ROSAS SUPRA, MEA BUSTA, VIATOR

> *Tú que pasas,*
> *te suplico esparce rosas sobre mi tumba.*
> (Inscripción romana sobre la tumba de un pobre de
> tiempos del imperio)

No había vuelto a la aldea desde que se marchara a París. Ya hacía sus buenos diez años. No reconocía esta carretera, casi tan ancha como la autopista del oeste, esa carretera por la que había viajado para ir a París y más tarde para ir al mesón. Aquí el paisaje era un poco como en Puerta de Òrleans donde ella vivía, todas las salidas de París se parecen. Edificios en construcción o acabados de edificar, nuevos, blancos, altísimos y muy achatados, tan solo el espesor de una o dos habitaciones, sin patios interiores, sin paredes de separación, ceñidos de balcones de vivos colores, de llamativos cristales... estaban alineados como en un juego de dominó, de acuerdo con las fantasías de jugadores en torno a una mesa, ya en desorden, ya en hileras regulares. Todavía no se veía por dónde, cómo pasaría en las calles, se abrirían parques y jardines... era un desorden de nuevo cuño, inédito, aparente. Pero edificaciones y depósitos se espaciaban y, finalmente, la vegetación invadió el terreno todo.

El autobús pasó por un lindo poblado mezcla de aldehuela y de aldea, asentado en un fondo de colinas boscosas en las que asomaban, entre los árboles, las tejas anaranjadas de los tejados. Hubo viradas, subidas y bajadas, y de nuevo el autobús rodó sin obstáculos por la carretera.

Ahí estaba ante su vista el mesón *A la entrada del bosque*. Martine sacó un caramelo de su cartera. El mesón seguía tan mono como antes, con sus tinas blancas de aros rojos, en hileras al borde de la carretera. No se veía a nadie en sus alrededores. El autobús pasó el mesón. Los pasajeros, todos gente de esa zona, permanecían tranquilos en sus asientos, sabían dónde estaban, dónde bajarían, los nombres de las aldeas que pasaban, el tiempo, los kilómetros... Martine no sabía nada de nada y había perdido la costumbre de viajar en autobús, ya que siempre andaba en su auto, con Daniel o sola, o con amigos y amigas. Hoy todo el mundo tiene su auto y Daniel la había puesto en la situación excepcional de mujer sin auto. Martine sacó de su cartera otro caramelo.

Hacía un buen rato que la carretera había perdido sus humos de autopista para transformarse en una modesta carretera que atravesaba zonas metidas en los bosques, cada vez más espesos, cada vez más altos. Fue al llegar al borde de un coposo bosque en donde se asentaba la pequeña ciudad de R... cuando Martine se vio en terreno conocido. El autobús se detuvo mucho rato junto a la estación, se vació y prosiguió su camino por el centro de la ciudad. Acá estaba la plaza con el castillo histórico... «Me gustaría perderme contigo en los bosques...» Desde este punto a la cañada eran seis kilómetros.

Cada piedra, cada árbol, cada casa, cambio, desaparición, novedad, nada podía escapársele de aquí a Martine, a su infalible memoria. Reconocía y se fijaba en cada detalle, incluso en los postes itinerantes viejos y nuevos, en el color de la arena de un camino por el que se podía ir a la aldea, en la nueva envergadura del tilo más grande de la zona, en la reparación del viejo techo de la casa de los Champoiselles con tejas acanaladas, en los arreglos de la granjita, sin duda comprada por unos parisinos. Ahora el autobús se adentraba en la húmeda profundidad de los grandes bosques. Aquí no se había tocado nada y Martine se sentía como en su propia casa. No se hubiera podido perder entre esos árboles, los conocía casi uno por uno, los fresnos, las encinas y las hayas, y los sotos de helechos...

La «gendarmería nacional» era la primera casa de la aldea. Martine mordió su caramelo, se lo comió y se puso otro en la boca.

Reconocía los baches de la mal pavimentada calle de la aldea. Las casas habían sido reparadas. La cooperativa de consumo mostraba un rótulo recientemente pintado. En el lugar donde había estado una peletería ahora se había instalado un quincallero. Las ventanas de la señorita empleada de correos estaban adornadas con macetas de flores. Probablemente una nueva empleada, la antigua debió retirarse. La aldea se había remozado, las viejas fachadas habían desaparecido bajo un reciente encalado, se veían casas de reciente construcción, una gasolinera... la flecha gris de la iglesia, reparada aquí y allí, se alzaba por encima del tinglado de los abigarrados techos. El autobús viró trabajosamente en ángulo recto y se detuvo en la plaza. Martine bajó.

Caminó unos pasos hasta desentumecerse. Registró nerviosamente la cartera buscando un caramelo. Los escudos ovalados, dorados, atributos del notario, seguían allí, encima de la vieja puerta cochera. Martine atravesó la plaza, pasó por debajo de la bóveda y empujó la puerta en la cual se podía leer: DESPACHO.

—¿El doctor Valatte? ¿De parte...? ¡Pues claro! Voy a avisarle al señor Valatte, tome asiento, señora...

El pasante desapareció por una puerta almohadillada, mientras que las cuatro mecanógrafas miraban a hurtadillas a Martine, que llevaba un amplio abrigo muy corto y como se había sentado cruzando las piernas se le veían las rodillas. El pelo, cortado a la última moda, estaba sujeto por un pañuelito de seda anudado en la barbilla. Con un guante les daba golpecitos, nerviosamente, a sus dedos de uñas perfectas. A pesar de tenerla un tanto abotagada, su cara, habilidosamente maquillada, era de una gran belleza.

—¿Por favor, quiere tomarse la molestia de entrar?

¡El señor Valatte estaba blanco en canas! Y eso en un hombre tan moreno. Sin embargo conservaba fresca la cara; la vestimenta era irreprochable... un chaquetón oscuro, como propio de un notario, pero el chaleco gris perla y muy ajustado.

—Me anuncia una «sucesión», señor Valatte. ¿De qué se trata?

El señor Valatte le ofreció una silla, él se instaló delante de su buró, abrió un expediente y luego lo ojeó:

—Pues bien, señora, se trata de un terreno que tiene sus dos mil metros cuadrados. Y que le pertenece por entero puesto que de todos los hijos aún en vida de la difunta Marie Venin usted es el único legítimo.

—Ah, bien —dijo Martine—, no lo sospechaba...

—Sin embargo, es así. Su hermana mayor murió, como debe saberlo.

—No, señor, no sé nada. No tenía ningún contacto con mi familia.

—Le diré que su padre adoptivo, Pierre Peigner, se mató al caer de un árbol... Aquí, en la aldea... A menudo se le utilizaba en la poda de árboles... Desdichadamente bebía...

—¿Y los pequeños?

—Los pequeños ya hace mucho que son grandes, querida señora. —El señor Valatte sonreía, su aterciopelada mirada se hacía acariciadora—. Los que están en vida, pues dos de ellos murieron tuberculosos, como su hermana, es decir como su hermanastra. Uno tras otro... yo... había uno que se enroló en la legión, y los otros dos se reunieron con él en Argelia. No sabría decirles que hacen... me imagino que la guerra. Su madre vivía sola estos últimos años.

—¿Siempre en la misma cabaña?

—Así es, lo siento...

Martine se rio de un modo tan fuera de lugar que la mirada del señor Valatte se apagó.

—¿Entonces qué debo hacer?

—Hay que llenar algunas formalidades.

—¿Hay que pagar? Porque si hay que pagar no me interesa. No quiero gastos.

—En ese caso habría que vender, señora Donelle.

El señor Valatte no era más que un notario.

—Por supuesto... —Martine se puso de pie—. Dejó el asunto en sus manos. ¿Tiene algo así como una llave?

—No, señora, lo siento... A nadie se le ocurriría... Además, me pregunto si existe una llave.

El señor Valatte abría la puerta.

—¿Tiene ahí su auto, señora?

—No, he venido en autobús.

—Si quiere visitar los lugares, acá estoy a su disposición para llevarla.

—Muy amable de su parte, no es tan lejos, iré a pie.

Ya era tarde. En el despacho solo quedaba una mecanógrafa que le estaba poniendo la funda a la máquina y que esperaba con manifiesta impaciencia que el notario terminara con Martine para darles a firmar las cartas. El señor Valatte se inclinó de nuevo:

—Me ocuparé de su asunto, señora. Mis respetos...

Martine siguió la calle. La vidriera de cigarros y tabacos a la que iba a comprar fósforos tenía ahora en la calle unas tinas de cemento con flores. ¿Allí seguiría esa polilla de la Marie Rose con sus humos? La vidriera de la vendedora de colores seguía tan polvorienta como antes... otra gasolinera... ¡pero si han echado abajo la casita del gasista! Delante de la gasolinera hay césped, flores y se ve a un hombre con un *over-all* de un azul muy fuerte echándole gasolina a una D.S negra de techo blanco. Delante de la casa del padre Malloire un viejo estaba sentado en una butaca de junquillo a la que el barniz se le había caído. ¿Sería el mismo tío Malloire? Su huerto, más allá de la casa, no estaba cultivado, un rosal silvestre se apoyaba pesadamente en la cerca del castaño que ya no podía con su alma. El viejo, con el bastón apoyado en la barbilla seguía a Martine con la mirada. La casa del tío Malloire era la última de la aldea, después no había más que los campos, y la carretera asfaltada sustituía a los adoquines de la pueblerina aldea. Martine tomó por el atajo que llevaba directamente a la cabaña y se desvió: no quería enfrentarse tan de buenas a primeras con esta, primero daría un paseo por su bosque, retardaría el encuentro... nadie esperaba por ella, no tenía que llegar a ninguna hora.

Martine se adentraba en el bosque... sentía un alivio como si acabara de quitarse un apretado corsé, respiraba por todos sus poros, por el pecho, por el vientre, era como pez que vuelve al agua, era la primera vez después de que Daniel anunciara el divorcio que experimentaba algo fuera de lo intolerable. Probó a hacer molinetes con los brazos, sacudió los hombros, el cuello... todo funcionaba. Los perfumes de la selva venían a su encuentro. Los ojos inquisitivos de Martine huroneaban maquinalmente a derecha e izquierda todo cuanto podía brotar en esa época del año, violetas, lirios de los valles... aquí está el calvero, del que ella sabía que todo el año estaba anegado, incluso en pleno verano. Sentada en una gran piedra puesta allí como en una ópera, a los pies de un álamo inmenso guarnecido de muérdago, miraba la verde superficie, no de un verde natural, sino químico, venenoso, con las hierbas rezumantes de agua recubriendo, traidoras, el pantano... de hundirse ahí sería la peor de las muertes lentas. Uno se hunde, se hunde indefinidamente, y, en torno suyo nada de qué asirse, nada estable a qué agarrarse, en qué apoyarse... y desde abajo tiran de uno, le tiran de los pies... la boca se hunde, la nariz, los ojos... un cadáver que estuviera parado se hundiría lo mismo. Martine echó hacia atrás la cabeza. El cielo era azul y los rebaños de carneros blancos y rizados pacían en paz. Martine se paró y luego se apartó de allí buscando la tierra firme. Los grandes abetos, las agujas de los pinos cubriendo la tierra, pulidas y brillantes como un piso de tabloncillos *vitrificado*, no desgastable. ¡Oh, una tala en el paso de árboles! Martine sintió un vacío en la cabeza y apretó el paso en la dirección de la carretera que se divisaba del todo después de esa poda.

Caminaba por la cuneta, desplazada como lo haría uno que caminara a lo largo de los raíles del metro. En su época era una carretera común y corriente en la que los muchachos de la aldea hacían sus prácticas de velocidad en bicicleta. Iría hasta la hostería y de allí cogería el camino directo hacia la cabaña. Si es que la hostería todavía estaba allí.

Pero seguía allí. Demasiado temprano para el pollo al estragón. Por el lado del bosque se acercó a ese emparrado a través del cual, en el pasado, había mirado cómo la gente se atracaba de comida. Los rosales trepadores en el emparrado solo mostraban tiernas hojas y racimos de botones. Martine miraba a los camareros en chaquetilla blanca que estaban acabando de poner las mesas. Llegaba gente, resonaban pasos... —«Hará buen tiempo esta noche, decía el camarero, pero si prefiere la terraza o adentro...—«. Siempre sería ella la que mira vivir a los demás, sin que estos se percaten, como una ladrona. Una urraca negra y ladrona.

Martine dio la vuelta y se presentó a la entrada de la hostería, del lado de la carretera. Ya habían llegado varios autos y se veía gente en la terraza. Martine atravesó el restaurante y se sentó en una banqueta en el bar que estaba al fondo. Aquí aun no había nadie, el comedor vacío aguardaba, adornado y lleno de flores, a los comensales. El golpe de vista era lindísimo. También allí había muebles de junquillo, y más bellos que los suyos... ¡y los brazos de pared! Esas manos negras sosteniendo las antorchas... en la inmensa chimenea los pollos daban vueltas en los asadores sobre un fuego de tintes rojizos. En unas grandes ánforas había ramas de ciruelo, rosadas, delicadas... en todas las mesas se veían jacintos y tulipanes.

El botones miró a Martine con extrañeza cuando esta le dijo que no tenía auto y la siguió con la mirada hasta que la llegada de un auto lo obligó a desviarla. Martine se alejó por la cuneta de la carretera principal, los autos casi la rozaban y se torcía los pies: en esa carretera no habían previsto nada para el peatón. El día declinaba, Martine tomó por un atajo para llegar al camino de la cabaña, detrás de la cortina de árboles.

El crepúsculo se adensaba al extremo de hacerse de noche. De lejos Martine divisó un camión delante de la cabaña que estaba inclinado de un costado. Se acercó y le dio la vuelta al camión: detrás de las cerca de espinos con su tranquera volcada era como un latón de basura que se desbordaba. Reinaba un silencio opresivo. Martine buscaba con la vista al conductor del camión: nadie. Sentía que la noche la acechaba, la niebla, como la densa humareda que deja un tren que hacía mucho que pasara, le nublaba la vista. No había huellas de pasos hacia la cabaña, tal parecía una tumba olvidada. Martine se aventuró por ese basurero, tropezó con una cadena que dio contra algo metálico y sonoro... al extremo de esta no estaba atado ningún perro, no se oyeron ladridos, pero en la puerta de la cabaña había aparecido un hombre: un tanto encorvado, como una cariátide, parecía sostener sobre sus hombros esa perrera podrida, e, inmóvil, miraba avanzar a Martine. Ella se acercó, se detuvo frente a él. El hombre era altísimo, sobre su humanidad llevaba un pantalón azul, una camiseta de mallas anchas y botas de caucho. Hasta podía apreciarse que sus ojos eran de un azul vivísimo, ojos de emperador... no estaba afeitado... la cariátide se movió, se enderezó, alzó los hombros... dejó oír su voz:

—¿Qué se le ofrece?

—Esta es mi casa... —dijo Martine.

El hombre la miraba intensamente:

—¿La hija de Marie?

—Sí...

—¡Ah!, en ese caso... le cedo el lugar. Déjeme decirle algo: tal vez sea usted su hija, pero no la llorará tanto como yo.

—Entonces ayúdeme a llorarla.

Martine pasó primero y entró en la cabaña. Estaba totalmente a oscuras y había un barullo como para hacer desplomarse sus podridas paredes.

—Son las ratas —dijo el hombre detrás de Martine—, y encendió su fosforera. —Bueno, todavía hay petróleo en la lámpara de suspensión. Son regimientos de ratas. Lo que les llama la atención son las provisiones de Marie... Las papas, la harina... últimamente ya no iba a la aldea, se sentía muy mal... ¡qué hubiera sido de Marie sin mí! Nadie se molestaba por ella. Y yo no siempre estaba aquí... cuando como yo se es camionero, es como si uno estuviera enrolado en la marina. Es la ausencia, la separación. No siempre mi camino pasaba por aquí. ¡Mi pobre Marie! Llego, no encuentro a nadie... allá en la aldea me enteré de todo... muerta y enterrada... ¡y ahora estoy solo!

El hombre bajó la cabeza y lágrimas, lagrimones cayeron sobre la mesa (debajo de la lámpara de suspensión) a la que ambos se habían sentado. Las ratas no parecían estar tur-

badas por su presencia. La enorme bota del hombre se aba-
tió sobre una de ellas. Se levantó, cogió a la rata por la cola,
fue a echarla afuera y volvió a sentarse frente a Martine.

—Mi madre tenía cuarenta y ocho años —dijo.

—¿Y qué? No era una persona de edad. A los cuarenta y
ocho años se sabe lo que es el amor. Nos amábamos. No
tengo más que treinta años. Y la hubiera amado hasta mi
muerte.

Una rata corría sobre la mesa. El hombre la aplastó con
el puño y tiro el cadáver por tierra.

—Cuando son tantas —dijo—, hay que desconfiar, a veces
pasan al ataque. Voy al camión por una botella. Venga conmigo, a las mujeres no les gusta la compañía de las ratas.
Puesto que es hija de Marie ya somos como parientes. Me
alegra de haberla encontrado, así compartimos la pena.
Para su tranquilidad le digo que nadie la amó como yo.

El hombre ayudó a Martine a trepar el camión. Estaba
oscuro y olía a gasolina.

—Siéntese por ahí...

El hombre guió a Martine y ella cayó sobre algo relle-
nado: era un asiento de auto, con muelles...

— Si hace nada más un año alguien me hubiera dicho que
yo, Bèbert, amaría a una mujer como he amado a Marie, me
le hubiera reído en sus mismas barbas... yo, a toditas las
mujeres las tiraba a mierda, con todo el respeto, no son
buenas más que para usarlas una vez y tirarlas. Son más
bien putas que otra cosa. Ella, Marie, comprendía que un
hombre necesitaba ser compadecido.

Mientras Bèbert hablaba buscaba algo en medio de esas
tinieblas. Martine veía su silueta en el rectángulo trasero

del camión por donde se filtraba una débil claridad. Bèbert destapaba una botella y llenaba un vaso...

—Tome... —y le dio el vaso a Martine.

—Dígame —y casi se atragantó—, ¡esto es matarratas!

—¡Pues claro! —Bèbert se reía—. Diablos, ¡si alguien me hubiera dicho que hoy me iba a reír! Voy a sacar mi tentempié...

—No veo nada.

—Espere, voy a encender... —Bèbert encendió el bombillo de un farol y lo colgó del techo del camión—. A Marie le gustaba hacer aquí el amor, con esta luz.

—Por favor, era mi madre.

—¿Y qué? El amor es sagrado... decir que nunca, nunca más...

Y súbitamente Bèbert dejó el pan y el cuchillo, se desplomó sobre el vientre y su cuerpo de gigante fue sacudido por los sollozos.

—Que no se diga, Bèbert... —Martine rozó con una mano los hombros al descubierto del hombre. ¿Acaso me ve llorar?

Bèbert se recobró, se sentó a los pies de Martine y puso la cabeza sobre las rodillas de esta. Todavía lloraba un poco.

—No lloriqueaba así desde que perdí el match de boxeo contra Martinet. Y aunque no era más que una pelea de aficionados, uno tiene su orgullo, ¿no? ¿ Te llamas Martine, eh, pequeña? A Marie le gustaba pensar en ti, decía, mi pequeña vive entre sedas y brocados, y seguro que piensa en mí, en su madre, se debe acordar de cuando yo le hacía un ladito en mi cama... y de cómo a veces la regañaba... si Marie nos ve desde allá arriba se debe sentir feliz con sus cabellos como hilos de oro sobre un árbol de Navidad. Tú eres trigueña, negra como una golondrina.

—Como una urraca...

—No, una urraca es parlanchina y tú no dices ni pío.

Con sus brazos duros, abrazó las piernas de Martine...

—La pequeñita de mi Marie decía, Martine, su preferida, la pequeña-perdida-en-los-bosques...

—¿Te dijo así?

—Sí... Cómo te buscaron, todo el mundo, la aldea en pleno, y cómo te encontraron debajo de un árbol, durmiendo como un angelito, y cómo le tendiste los brazos al guardia forestal, y te reíste, nada asustada, contenta... La pequeña preferida de Marie... No cojas frío, empieza a refrescar... —Cogió una manta y se la echó por los hombros—. Pero ven, ahí estarás mejor. En el rincón... Cuando manejan dos, es aquí donde uno duerme mientras el otro maneja. Deja que te lleve.

Martine se dejó llevar a una colchoneta. Bèbert se acostó junto a ella, la abrazó. De nuevo lloraba, murmuraba palabras sin elección, la besaba, la acariciaba. ¡Vaya, vaya, con que era ese su loco destino! ¡Ella que no había sido más que de un solo hombre! Por fin llegaba la noche, o la muerte... la tapa de su sepulcro se cerraba sobre ella.

Al despuntar el día Martine vio la cara de Bèbert inclinado sobre la suya y le decía:

—Martine, tengo que irme. Perdería la paga si no voy por la carga. Vuelvo en ocho días. ¿El martes, me oyes, el martes? De hoy en ocho días, el martes... ¿Estarás aquí, me lo prometes? Júrame que vendrás.

—Te lo prometo... —dijo Martine.

Bèbert la tomó entre sus hercúleos brazos, la bajó del camión y la recostó contra un árbol, frente a la cabaña.

—No vuelvas a la cabaña —le recomendaba—, ahí dentro es una pesadilla. La próxima vez te saco de aquí. Ya verás, me gano bien la vida y serás muy feliz... No vuelvas a la cabaña. Acaba de dormir y vuelve a tu casa en París. Nos veremos aquí mismo en ocho días. ¡Haz de mí lo que quieras, pero ven! ¡Si no, pobre de ti!

Subió al camión. Martine no abrió los ojos, solo oyó el ruido desmesurado del camión que arrancaba.

Se quitó la manta con que Bèbert la había arrebujado. Ahí estaba el mundo, lavado por la noche, calmo, rejuvenecido. Todo iba a recomenzar con el sol, tendría que tomar el autobús. Después serían los dedos de las clientas y los plazos. Martine se levantó y arrastró su cuerpo adolorido hasta la cabaña. Encontrarse aquí de nuevo. Miraba la cama, el aparador, la mesa... La luz pasaba trabajosamente a través de los vidrios sucios, pero las ratas estaban tranquilas. Hacía más frío que afuera, un frío húmedo: con un gesto de cuando era niña, Martine sacó un pedazo de leña de atrás de la cocina... los fósforos estaban por ahí... esperaba que la leña prendiera bien para añadir los carbones... luego salió a coger agua del pozo. La que trajo en un cubo era fría y transparente. En el aparador debía haber menta o tilo... siempre había.

Y había. El agua hervía. Con el dorso de la mano Martine limpió la mesa y puso un tazón, azúcar y menta con un caramelo. Estaba en su casa. Después de todo bien podría esperar aquí por Bèbert. Aquí, donde su madre había sido feliz con tantos hombres, uno solo bastará para su desgracia. Cuando el amor no era el de Daniel, era el más violento, el más atroz de los venenos. El gancho de la lámpara de suspensión seguía allí, pero colgarlo era inútil: Bèbert se encargaría del asunto.

Se dispuso a esperarlo.

Ocho días después un camión loco atravesaba la aldea, acompañado de gritos, de invectivas... ¡Fue un milagro que no matara a nadie ni embistiera un auto! El camión paró frente a la Gendarmería nacional, el chofer saltó de la cabina y de un salto entró en la habitación en la que dos gendarmes antes de sentarse a comer jugaban una brisca.

—En la cabaña de Marie Vènin... —dijo—, tienen que ir...

Sus ojos azules estaban inyectados de sangre, el sudor le pegaba el pelo al cráneo, los músculos de su cuerpo se agitaban como la piel de un caballo hostigado por las moscas.

—¿Qué es lo que pasa en la cabaña de Marie Vènin? —preguntaban los gendarmes mientras se ponían sus cinturones—. ¿Un accidente, un crimen?

—¡Las ratas! —gritó el hombre—, las ratas han devorado a la hija de Marie... Han tenido que atacarle en masa... ¡No es más que una carroña! Le han comido toda la cara...

Salió en dos zancadas, saltó del camión y arrancó.

Los gendarmes ya montaban en sus bicicletas.

En 1958 fue cuando apareció en el mercado la rosa perfumada Martine Donelle: Tiene el incomparable perfume de la rosa antigua, la forma y el color de una rosa moderna. Con las felicitaciones del jurado.

París, 1957-1958.

# ÍNDICE